# ESSAI

## SUR LA PEINTURE

### EN

# MOSAÏQUE.

ESSAI

SUR LA PEINTURE

EN

MOSAÏQUE.

# ESSAI
## SUR LA PEINTURE
### EN
## MOSAÏQUE,

*Par* M. *LE* V * * *.

---

*Non nórunt hæc Monimenta mori.*

---

*Enfemble une* DISSERTATION *fur la* Pierre fpéculaire *des* Anciens*, par le même.*

À PARIS;

Chez V E N T E, Libraire, au bas de la montagne Sainte Génevieve.

---

M. DCC. LXVIII.

*Avec Approbation , & Privilege du Roi.*

# *AVERTISSEMENT.*

CE court Traité étoit deſtiné à faire partie d'un ouvrage plus étendu qui n'a pas encore vu le jour. (*a*) Des raiſons particulieres m'ont déterminé à l'en détacher & à le donner féparément. Moins la Peinture en Moſaïque eſt connue en France; plus elle conſerve ſon ancien état en Italie, où elle ſe perfectionne de jour en jour; plus je me ſuis appliqué à en donner une notion exacte. L'art dont

---

(*a*) Traité hiſtorique & pratique de la Peinture ſur verre, &c.

il s'agit ici eſt d'autant plus eſti-
mable , qu'il tient plus du prodige. Sa durée l'emporte ſur toutes les autres manieres de peindre ; & la patience que , dès la
plus haute antiquité , il a exigé
de la part de ſes Artiſtes , & qu'il
exige de plus en plus de ceux qui
y excellent encore dans la Capitale du Monde Chrétien , excitera
toujours la ſurpriſe & l'admira-
tion des voyageurs. Les Tableaux
en Moſaïque en ſont venus à
Rome juſqu'à le diſputer , par
l'ordre des cubes de verre de
toutes les couleurs & de toutes
les nuances poſſibles , au pinceau
des meilleurs Maîtres , dont ils

nous donnent les copies les plus fidelles.

J'ai trouvé le fonds de ce petit ouvrage, fur - tout dans la lecture approfondie de deux rares Traités Latins fortis de la plume de deux Prélats Italiens ( *a* ), qui fe font livrés aux recherches les plus curieufes fur cet art.

J'y traiterai de l'origine de la

---

( *a* ) Vetera monimenta, in quibus præcipuè Mufiva opera, facrarum profanarumque ædium ftructura, Differtationibus Iconibufque obfervantur, opera & ftudio Joannis Ciampini, Romani, Litterarum Apoftolicarum Majoris Abbreviatoris, in utraque Signaturâ Referendarii: quorum prima pars Romæ 1690: Ex Typographiâ Joan. Jacobi Koma-

Peinture en Mofaïque, de fon étymologie, de fes différentes efpeces, de l'excellence de cet art, des différens ufages que les Anciens en firent, de fes progrès tant en Orient qu'en Occident, de fon délaiffement pendant quelques fiecles, de fa reftauration, & de la célébrité dans laquelle elle fe foutient encore dans l'Ita-

---

rech Bohemi, apud fanctum Angelum Cuftodem; altera verò pars poft ejus obitum evulgata, 1699. Romæ: ex Typographiâ Barnabo.

De Mufivis. Authore Jofepho Alexandro Furietti, &c. ad S. S. Patrem Benedictum XIV. Pontificem Maximum Romæ, 1752, apud Jofephum Mariam Salvioni.

lie, pendant qu'elle eſt oubliée dans notre France.

Je ſouhaite que mon travail ſoit auſſi bien reçu des Amateurs, que j'ai apporté de ſoins pour le rendre intéreſſant.

J'y ai joint une courte Diſſertation ſur la *Pierre ſpéculaire*, dont les Anciens ſe ſervoient pour fermer leurs fenêtres, ſans ſe priver de la lumiere du jour, avant qu'ils y employaſſent le verre. J'ai cru qu'elle ne piqueroit pas moins la curioſité des Amateurs de l'antiquité, ce ſujet n'étant pas fort connu de notre temps. Nous y examinons d'après les Naturaliſtes anciens & modernes la nature de cette *Pierre spéculaire*, & avec quelle forte de pierre connue parmi nous, elle a plus de rapport.

ESSAI

# ESSAI
## SUR LA PEINTURE
### EN
## MOSAÏQUE.

## CHAPITRE PREMIER.

### De l'origine de la Mosaïque.

L'ORIGINE de la Mosaïque est si ancienne qu'on n'en peut découvrir la date, dans aucun Auteur. On croit que les Persans qui porterent le luxe au plus haut degré de splendeur, & qui occupoient une région si abondante en pierres de toutes couleurs, en furent les premiers inventeurs: des Perses on

A

la fait paſſer aux Aſſyriens ; des Aſſyriens aux Grecs ; & enfin des Grecs aux
Romains , qui , ſur - tout dans leurs
temps de luxe , s'adonnerent à la culture des arts que pratiquoient avant eux
les nations qu'ils avoient ſubjuguées.

Les livres ſaints parlent avec éloge
du pavé du veſtibule des jardins d'Aſ-
ſuerus ( *a* ), Pline de l'*Aſarotos* de Soſus
à Pergame ( *b* ), & du pavé du Tem-

(*a*) « Eſther, cap. 1. Lectuli quoque aurei
» & argentei ſuper pavimentum Smaragdino &
» Pario ſtratum lapide diſpoſiti erant , quod
» mirâ varietate pictura decorabat. »

(*b*) On donna, dit Pline, liv. 36. chap. 25.
à la ſalle à manger revêtue de ce pavé, le nom
d'*Aſarotos* , qui ſignifie un endroit mal-propre
qui n'a pas été balayé , parce qu'on y voyoit
les miettes , les oſſemens , les épluchures &
tout ce qui tombe ordinairement d'une table ,
ſi induſtrieuſement repréſenté , que ces ſaletés
faiſoient illuſion aux yeux du ſpectateur qui
accuſoit les domeſtiques de négligence : à quoi
Pline, dans le même endroit, ajoute que l'art

A.

ple de la Fortune que Sylla fit conftruire
à Prenefte (a).

Paul Silentiaire de l'Empereur Juftinien, dans la defcription qu'il nous
donne de la magnificence du Temple
de Sainte Sophie à Conftantinople,
décoré par-tout de Mofaïque, la fait
naître à Proconefe, une des ifles Pro-
pontides (b).

Les commencemens de cet art, comme de tous les autres, ont été très-grof-
fiers. Il ne s'agiffoit d'abord que de
revêtir les pavés & les murs de morceaux de marbres d'une grandeur plus
étendue & de couleurs variées. Les
ouvriers qui les tailloient & les polif-

---

des ombres & des reflets y étoit fi bien obfervé,
qu'on y admiroit une colombe, dont la tête
en buvant faifoit ombre fur l'eau.

(a) Pline, *ibidem*.

(b) « Ex Pauli Silentiarii uberiori Com-
» mentario Autore Domino Ducange, art. XI.
» Mufivo cujus inventionem Proconefi incolis
» tribuit Silentiarius, ubique ferè exornatur. »

A ij

foient fçavoient les arranger & en faire
des compartimens qui n'étoient pas fans
agrément. Les murs du fuperbe Théâtre que Marcus Scaurus, beau - fils de
Sylla, fit élever à Rome pendant fon
Edilité, étoient revêtus d'incruftemens
de verre, dont il avoit tiré à grands
frais les matériaux & les artiftes de
l'Egypte, de la Syrie & de la Grece.
Ces incruftemens d'un volume moins
étendu tenoient un milieu entre les
premiers & ceux qui fuivent. Les derniers qu'on nomme proprement *la
Mofaïque*, étoient pratiqués avec de
très - petits morceaux de pierres ou de
verre colorés, dont on fe fervit pour
repréfenter toutes fortes d'objets au
naturel.

Cet ouvrage, à qui l'on a donné le
nom de Peinture, étoit d'un détail très-
minutieux. Les Grecs, que les Romains
imiterent en tout, étoient très-habiles
dans l'art de la Verrerie, & dans l'emploi du verre, qu'ils tenoient des Phé-

niciens & des Syriens. Ils ornerent les premiers les pavés de leurs Temples & de leurs Palais de ces compartimens, & de ces tableaux admirables par leur imitation de la nature.

On lit dans les Dypnofophiftes d'A-thenée (*a*), que Hieron, Roi de Syra-cufe, avoit fait revêtir d'un pavé de Mofaïque le plancher d'un de fes vaif-feaux; qu'il y avoit fait peindre de cette maniere toute l'Iliade d'Homere; & que ce vaiffeau fut brûlé par l'artifice des verres ardens d'Archimede.

Les Egyptiens cultiverent auffi la peinture de Mofaïque. Dom Bernard de Montfaucon, dans l'ample defcrip-tion qu'il donne d'un vaiffeau que Pro-lémée Philopator, Roi d'Egypte, avoit fait conftruire, nous apprend qu'au côté droit de la Salle de Bacchus « étoit » un antre orné de figures faites de

---

(*a*) Athenée, Dypnofophiftes, liv. 5.

» petites pierres de différentes couleurs
» entremêlées d'or ( *a* ).

La difficulté que les Grecs trouverent dans l'emploi des feules pierres
naturelles , pour former les nuances
dont ils avoient befoin , les avoit fait
recourir au verre. Ils fe procurerent par
fon moyen une plus belle exécution , &
à leur Mofaïque une confiftance plus
dure & plus folide : la vivacité des couleurs ne s'éteignoit point en nettoyant
leurs tableaux ; au contraire , ils n'en
devenoient que plus beaux.

On employa d'abord la peinture en
Mofaïque , pour la décoration des Temples, & le premier pavé qui en fut revêtu
à Rome , fut fait dans le Temple de
Jupiter au Capitole , peu de temps avant
la guerre des Cimbres , & lorfque les
Carthaginois furent repouffés pour la
troifieme fois de devant fes murs.

---

( *a* ) Antiquité expliquée, tome IV. part. 2.
liv. 3. chap. 7.

Ce fut à cet exemple, que Sylla fit faire à Preneſte ce ſuperbe pavé dont nous venons de parler, après la victoire qu'il avoit remportée ſur le jeune Caius Marius.

Avant Auguſte, on avoit déja employé la Moſaïque à Rome, ſur le pavé des galeries & des appartemens des Conſuls & des Patriciens. Cicéron nous l'apprend dans ſa Harangue contre la prétendue conſécration de ſa maiſon faite par Publius Clodius, qui vouloit l'en dépouiller, ſous prétexte de la profanation qui s'enſuivroit, s'il y rentroit. (a).

Le même Cicéron [ *De oratore*, *lib.* 3. §. 43. ] rapporte ces vers de Lucilius, badinant avec grace ſur le choix apprêté d'un certain Albutius dans l'arran-

-----

(a) « Orat. pro domo ſuâ, §. 44. In Palatio pulcherrimo aſpectu porticum cum conclavibus pavimentatam trecentum pedum [ Publius Clodius ] concupierat. »

gement de fes mots, & le compare à celui d'un Peintre de Mofaïque :

Quam lepidè, lexeis compoftæ! (*a*) ut tefferulæ omnes
Arte, pavimento, atque emblemate vermiculato.

Cet art s'accrédita fous les Empereurs Romains, à compter du temps d'Augufte. Il atteignit fous l'Empereur Adrien un degré de perfection furprenant, comme on en peut juger par la beauté de ce qui en fut tranfporté de fa maifon de plaifance de Tivoli à Rome. Des parties de ces précieux morceaux y font encore l'ornement de plufieurs cabinets & autres meubles appartenans aux perfonnes les plus diftinguées, notamment ceux dont la découverte eft due aux foins du feu Cardinal Furietti. Les tyrans

---

(*a*) Les Romains du temps de Lucilius étoient dans l'ufage d'inférer dans la continuité du difcours Latin, des mots Grecs qui conftatoient auprès du public qu'ils avoient appris cette langue.

même, qui par la nonchalance de Gallien s'emparerent de l'Empire Romain, ne négligerent point la Mosaïque. Conftantin en multiplia les ouvrages dans les Bafiliques qu'il fit conftruire dans l'Empire d'Orient, dans celui d'Occident, entre autres dans celle de S. Paul à Rome, qui fut reconftruite & agrandie en 386 par l'Empereur Valentinien. On trouve dans Eufebe ( *a* ) la defcription de celle qu'il éleva à Conftantinople en 337, & l'on voit encore dans la Terre - Sainte des Mofaïques dont Sainte Hélene fit revêtir les pavés & même les voûtes des Chapelles qu'elle fit conftruire aux endroits où fe pafferent les principales circonftances de la Paffion de Jefus-Chrift ( *b* ).

La difette des pierres de couleurs

_____

(*a*) « In Vitâ Conftantini, lib. 4. cap. 58. »

(*b*) Relation du voyage de la Terre-Sainte par Frere Felix Beaugrand, Religieux de Saint François. Paris, 1700.

obligea dès ce temps-là les Romains
d'y ſubſtituer entierement le verre
coloré. Cet uſage étoit déja anciennement connu dans l'Egypte & dans la
Grece. On avoit vu l'Empereur Auré-
lien employer à l'embelliſſement de ſes
bains le verre coloré qui provenoit des
dépouilles de Firmus, Général de la
Reine Zénobie, dont le palais à Pal-
mire étoit par-tout revêtu de riches
lambris de verre artiſtement mis en
place.

Ecoutons ſur l'uſage du verre chez
les Romains, feu M. le Comte de
Caylus (a). « Les plus riches Romains,
» dit-il, firent uſage du verre dans tou-
» tes les parties d'ornemens de leurs
» maiſons, tels que les maſcarons, les
» colonnes, les revêtemens de pan-
» neaux, &c. & ces morceaux faciles à

_____

(a) Recueil des Antiquités Romaines, tom. I.
pag. 293.

» nettoyer, & de-là toujours brillants,
» produifoient des effets magnifiques.

Comme perfonne n'a porté plus loin
que cet illuftre fcrutateur de l'antiquité,
les recherches fur toutes les manieres
dont les Romains travailloient, profi-
loient, mouloient & tournoient le verre
qu'ils faifoient entrer dans ces ornemens, rien ne peut piquer plus jufte-
ment la curiofité des amateurs, que le
détail des expériences qu'il en a fait,
aidé de la manipulation de M. Majault,
Docteur en Médecine, & Chymifte
habile. Les morceaux les plus difficiles
à imiter d'après l'antique étoient devenus le fujet de leur application.

Quels foins en effet n'ont-ils pas
apportés pour copier & repréfenter ces
morceaux de Mofaïque de fi pénible
exécution, qui confiftoit à former des
maffes de verre, au travers defquelles
perçoient des deffins très-réguliers qui
avoient pu attendre la fufion fans rien
perdre de l'arrangement fait pour rem-

plir le sujet déterminé par l'artiste. L'article dans lequel M. le Comte de Caylus rend compte de cette opération, étant de son aveu un des plus curieux & des plus intéressans de son Recueil, trop long pour être copié ici tout entier, & trop peu susceptible d'analyse, sans courir le risque de perdre de sa beauté, & de la précision de ses détails, j'y renvoie le lecteur. ( *a* )

---

( *a* ) Voyez sur l'habileté avec laquelle les Romains traitoient le verre de toutes sortes de manieres ; sur les moyens éprouvés de les imiter dans toutes leurs opérations, & sur l'avantage qui en résulteroit, pour la décoration des appartemens des Grands, le Recueil des Antiquités du même Auteur, tom. I. pag. 293, tom. II. p. 357, & suivantes, jusques & compris 363 ; tom. III. p. 193, 195, 298, 302 & 306 ; tom. IV. p. 26 & 172 ; tom. V. p. 207 & 208.

## CHAPITRE II.

*De l'étymologie du mot Mofaïque, &
des différens noms que les Grecs don-
nerent aux différentes fortes d'ouvrages
de ce genre.*

LA Mofaïque, fuivant la définition
la plus ordinaire, eft un affemblage de
plufieurs petites pieces de rapport foit
de pierres ou de marbres, ou de verres
de toutes les couleurs, taillées en cube,
& difpofées dans l'ordre des jours
& des ombres, incruftées fur un fond
de ciment. Les Italiens ont donné à ce
ciment le nom de *ftucco*, & c'eft d'après
eux que nous nommons cette compofition *ftuc*. Le but de cet affemblage eft
de lui faire rendre, comme au pinceau
toutes les différentes figures que le
Peintre en Mofaïque eft chargé d'imiter.

Les fçavans ont été partagés fur l'éty-

mologie de ce nom. Entre leurs différentes conjectures, j'ai préféré celle de
Scaliger, comme la plus simple & la
plus conforme à l'idée que ce mot sert
à exprimer. Ce sçavant fait dériver le
nom de Mosaïque des mots *Mousa*,
*Eumouson* & *Mousicon*, dont les Grecs se
servoient pour exprimer ce ton harmo-
nieux, & ce concert élégant qui doit
se rencontrer dans toutes les compositions d'ouvrages de rapport, qui, comme dans cet art, requièrent la plus exacte
précision.

Nous donnons assez indifféremment
parmi nous le nom de Mosaïque à plusieurs de ces sortes d'ouvrages que les
anciens Grecs ou Romains sçavoient
distinguer par des noms propres aux
différentes opérations de ce genre dont
ils ornoient sur-tout les pavés.

Ces différentes dénominations se
tiroient ou de la matiere qu'on y employoit, ou de la forme qu'on donnoit
à ces pavés. Les Grecs nommoient

*Lithoſtrota*, *Aſarota*, *Pſiphologita*, *Chondrobolia*, *Mouſeïa* ou *Uelographias*, ces différens aſſemblages formés de placages de marbres, ou de petites pierres colorées, ou de petits morceaux de verre taillés de toutes fortes de formes, plates ou cubiques, qui s'appliquoient, ou s'enchâſſoient les uns & les autres, fur un fond du même ciment.

Les Romains donnoient auſſi différens noms à cet art. Ils le connoiſſoient ſous ceux d'*Opus teſſellatum*, *Sectile*, *Segmentatum*, *Vermiculatum* & *Muſivum*.

Ces fortes de pavés que les Grecs & les Romains avec eux, nommoient *Lithoſtrota*, différoient de ceux que les premiers nommerent *Pſiphologita*, ou *Chondrobolia*, & les feconds *Sectilia* ou *Opus ſectile*. Et ces derniers font encore différens de ceux que les Grecs nommoient *Mouſeïa*, ou *Uelographias*, & les Romains *Muſivum*, ou *Vermiculatum opus*.

Il n'eſt pas aiſé de faire une juſte ap-

plication de ces différentes dénominations, & d'en exprimer les justes rap-
ports; les interpretes ne s'accordant
entre eux que sur l'espece qui est plus
connue sous le nom de *Mosaïque.*

Le *Psiphologiton* des Grecs & le
*Chondrobolion* peuvent être considérés
comme ayant un rapport plus marqué
avec le *Tessellatum opus*, ou le *Sectile*
des Latins. C'est la plus ancienne & la
plus simple maniere d'employer dans
les pavés des marbres de différentes
couleurs, taillés, selon Vitruve ( *a* ) en
quarrés, ou à cinq, six ou huit pans,
ou en forme circulaire, ou pyramidale,
qui par leur variété de couleurs, & leurs
assemblages formoient un ensemble
agréable à la vue. ( *b* )

---

( *a* ) « Vitruv. lib. 7. cap. 10. »
( *b* ) « Viter. monim. part. I. cap. 10. p. 80.
» Tessellatum antiquissimum & simplicissimum
» è diversis marmorum versicolorum crustis, in
» formas diversas, scilicèt quadrati, quadri
Par

Par le mot *Lithostroton* les anciens Grecs & Romains exprimoient un pavé de cour ou de salle composé de toutes sortes de petites pieces de marbres de différentes especes naturellement nuancées de différentes couleurs, qui, par leur variété, le choix & le travail de l'Artiste, rendoient les figures qu'ils vouloient y exprimer; en sorte que chaque pierre taillée, suivant le besoin, formât l'ombre & le jour que le dessin exigeoit.

Cette maniere a aussi beaucoup de rapport avec notre Marqueterie & avec la Mosaïque de Florence, dont il s'est fait aux Gobelins de si beaux ouvrages répandus dans les maisons royales. On y emploie deux ou trois sortes au

---

» lateri, trianguli, sectionis conicæ, Sphericæ,
» sivè circularis, pentagoni, hexagoni, octogoni,
» &c. Figurarum, quæ variè inter se dispositæ,
» insimul que conjunctæ, non inconcinnùm
» oculis præbent aspectum. »

B

plus de marbres choifis de mince épaiffeur, fciés dans l'ordre des contours du
deffin & remplis par d'autres morceaux
dans les endroits qui demandent des
nuances différentes. Les Artiftes fçavoient en exprimer toutes fortes de
figures d'hommes & d'animaux. ( *a* )

Vitruve établit néanmoins une différence entre le *Teffellatum opus* & le
*Sectile*. Le *Teffellatum opus* eft plus ordinairement compofé de cubes, & les
*Sectiles* de fimple placage. Ceux-ci doivent fortir des mains de l'Artifte, fans
qu'on y fente rien de raboteux : le
*Teffellatum* au contraire n'eft cenfé fini

---

( *a* ) In manipulo originum rerumque Conftantinopolitanarum, autore Patre de Combefis, Laudatione vero novæ Ecclefiæ à Photio
Patriarcha habitâ « Aurum argentumque ple-
» raque templi loca fibi vindicant, alterum
» Teffellati operis lapillis obfitum, alterum...
» pavimenti confpectus in animalium formas
» aliarumque figurarum fpecies multiformi tef-
» fellati operis concinnatione efformatur. »

que lorfque ce qu'il a de raboteux a
été ufé & poli. ( *a* )

On lit dans Suétone, *in Vitâ Julii
Cæfaris*, que Jules-Céfar faifoit porter
avec lui à l'armée de ces différentes
fortes de pavés pour les faire promptement dreffer dans fa tente. *In expedi-
tionibus teffellata & fectilia pavimenta
circumtuliffe*. Pour l'intelligence de ce
texte de Suétone, on peut confulter le
tome III. des Antiquités de M. le
Comte de Caylus, pag. 227, planche
LIX. N°. 1, fur laquelle on voit le

---

(*a*) Vitruv. lib. 7. cap. I. ut ait Furietti,
ea appellat teffellata pavimenta , quæ cal-
culis cubicæ figuræ, fectilia quæ cruftulis
calculifque figuræ cujufcumque. Hæc Vitruvii
ex eodem Furietto explanatio eft. « Si fectilia
» fuerint, nulli gradus in fcutulis aut trigo-
» nis, aut quadratis, feu favis extent; fed
» coagmentorum compofitio planam habeat in-
» ter fe directionem. Si tefferis ftructum erit
» ( pavimentum ) eæ omnes angulos habeant
» æquales, nullibique à fricaturâ extantes. »

B ij

deffin d'une Mofaïque établie fur une brique, forte de travail dont il nous affure que les exemples ne font pas rares. Quant à ce que les Romains entendoient par *Opus vermiculatum*, Saumaife (*a*), & le Pere Combefis (*b*) paroiffent l'entendre de pierres ou naturellement rouges ou peintes en rouge. D'autres foupçonnent que par ce terme ils exprimoient les Mofaïques dont les cubes font extrêmement menus & déliés comme de petits vers : d'autres enfin ne craignent pas de l'affirmer. Il y en a qui diftinguent la Mofaïque en différentes efpeces qu'ils tirent de la gran-

---

(*a*) Salmas. in exercitat. Plin.

(*b*) In manipulo origin. rerumq. Conftantinopolit. ex incerto autore, de ftructurâ magnæ Dei Ecclefiæ. « Templi quoque pavimen- » tum pretiofis variiique generis marmoribus, » tum porphyreticis fubvirentibus, tum reli- » quis rofeo rubore, id eft vermiculatis per- » politis ftratifque ( Imperator ) perornavit. »

deur des cubes : les uns plus grands,
auxquels ils donnent trois lignes de
face, d'autres moyens auxquels ils n'en
donnent que deux, & d'autres plus
petits auxquels ils n'en donnent qu'une,
& c'est cette troisieme espece qu'ils
appellent *Opus vermiculatum*. Ciampini
( *a* ) paroît incliner pour cette opinion,
& le Cardinal Furietti la tient pour
sûre. ( *b* )

---

( *a* ) Veter. monim. I. part. pag. 80. « Musi-
» vorum genus in plures differentias dividitur,
» magnitudine lapillorum finitas. Alia majora,
» minora alia, alia minima...... Minimum
» præ vetustis temporibus elaboratum ( forsi-
» tan est vermiculatum ) quod minutis adeò
» lapillis confectum vermium aspectum comi-
» nùs repræsentet, qui dorsum variegatâ ma-
» cularum specie depictum habent. »

( *b* ) Le Cardinal Furietti de *Musivis* prétend
que le *vermiculatum opus* doit s'entendre proprement de ces ouvrages, où, par l'assemblage
de pieces de rapport du plus petit volume, le
Peintre s'est proposé de représenter des figures

Comme ces travaux différoient entre
eux, les ouvriers qui s'y exerçoient
étoient aussi connus sous différentes dénominations. Ceux qui s'occupoient à
ces pavés de plus grandes pieces de placages que, suivant Vitruve, nous avons
nommés *Opus sectile*, étoient connus
sous le nom de *Quadratarii*, ou *Mar-*
*morarii* chez les Romains, & par celui

d'hommes, d'animaux & d'autres objets qui
imitent parfaitement le naturel. « Vermiculata
» ea dicimus ubi tenuissimis lapillis, rerum,
» animalium, hominumque figuræ efformaren-
» tur; quibus pictor naturam ipsam imitari
» valeat. » Il appuye son sentiment sur l'au-
torité de Pline, liv. 35. chap. I; sur celle de
Pancirole, dans son Livre *De Corporibus artifi-*
*cum*; sur celle du Poëte Lucile, dont il cite ce
vers :

*Arte, pavimento, atque emblemate vermiculato.*

Et enfin sur celle de Nonius Marcellus, *De pro-*
*prietate sermonis*, qui explique le mot *vermicu-*
*latum* par celui de *minutum.*

de *Lithotectaï* chez les Grecs : c'eſt vraiſemblablement du mot *Quadratarii* que
dérive notre dénomination de *Carré-
leur*. Le nom de *Muſivarii*, ou en Grec
*Mouſotaï*, s'appliquoit à ceux qui travailloient au pavé ou aux voûtes de
Moſaïque. C'eſt ainſi que Léon d'Oſ-
tie ( *a* ), dans ſon Hiſtoire du Mont-
Caſſin, diſtingue ces différents ouvriers
que Didier, Abbé de ce Monaſtere,
employa pour la Moſaïque du pavé &
des voûtes de la grande Egliſe qu'il
venoit de faire conſtruire.

On ne doit pas confondre avec les
ouvrages de Moſaïque ces pavés auxquels les Romains donnoient le nom

---

(*a*) In Hiſt. Mont-Caſſin. lib. 3. cap. 29.
» Artifices deſtinat peritos in arte muſariâ &
» quadraturâ. Ex quibus videlicet alii abſidem,
» arcum, atque veſtibulum majoris Baſilicæ
» muſivo comerent; alii vero totius Eccleſiæ
» pavimentum, diverſorum lapidum varietate
» conſternerent. »

B iv

de *Figlinum opus.* (a) Les Grecs avant
eux, au rapport de Philoſtrate, avoient
l'uſage de couvrir d'un enduit d'émail
des carreaux de terre cuite qu'ils faiſoient recuire. Ils en formoient même
toutes ſortes de figures. Cet uſage avoit
commencé chez les Romains ſous l'Em-

---

(a) Voyez les images ou tableaux de platte
Peinture de Philoſtrate traduits du Grec, avec
des notes par Blaiſe de Vigenere, Paris 1637,
pag. 8 de la Préface. C'eſt vraiſemblablement
ce travail des Anciens, aſſez reſſemblant à nos
carreaux de fayance qui étoient fort en uſage
encore au commencement de ce ſiecle pour
faire des revêtemens de cheminée & des foyers,
qui a donné lieu au R. P. Sébaſtien Truchet,
Carme, & Académicien honoraire, de préſen-
ter en 1704 à l'Académie des Sciences un Mémoire, inféré depuis dans ceux de l'Académie,
en forme de Méthode pour faire une infinité
de compartimens avec des carreaux mi-partis
de deux couleurs par une ligne diagonale. Cet
ouvrage étendu depuis par le R. P. Doüat du
même Ordre, ſe trouve à Paris chez Delaulne
& Jombert, Libraires: 1722.

pire d'Augufte. Agrippa, fon gendre, l'avoit prodigué dans fes bains & dans les beaux édifices qu'il avoit fait conf-truire à Rome, mais il n'y fit pas for-tune. (*a*) On s'apperçut bientôt que cette peinture n'avoit pas de durée. Expofée au grand air, les fels qu'il charrie venant à s'y attacher en man-geoient les couleurs & en réduifoient la furface en poufliere. On revint à la peinture en Mofaïque : on n'avoit rien de femblable à craindre de ces cubes de verre pleins de couleurs métalli-ques qui entroient dans fa compofition. Les murs des appartemens & les voû-

---

(*a*) Une femblable corrofion occafionnée par les fels que l'air charrie fur le verre fe fait remarquer tous les jours dans les vitres peintes de nos Eglifes, fur - tout lorfque les émaux qu'on y a employés font trop tendres; ce qui arrive, quand, pour les rendre plus diaphanes, on y a fait entrer le plomb en trop grande quantité.

tes des galeries des riches en furent
revêtus comme dans la Grece. ( *a* )

---

( *a* ) Ici je me rappelle un trait de la vie de
Diogene rapporté par Gallien , dans son Exhor-
tation à la culture des beaux Arts , p. 11 de
l'édit. de Paris , chez Chrétien Vechel en 1547.
« Ce Philosophe , dit-il , avoit été invité à manger chez un riche particulier. Il s'apperçut que
cet homme extrêmement négligé dans tout son
extérieur, portoit toute son application à déco-
rer sa maison avec un lustre & une propreté
affectée. Il sent une envie de cracher ; il pro-
mene ses yeux de tous côtés , cherchant une
place où il put le faire sans rien gâter ; il n'en
voit point d'autre que la personne même de son
hôte : il se débarrasse sur lui. Celui-ci , indi-
gné d'une telle insulte , demande compte à
Diogene d'une conduite si déplacée. C'est , ré-
pond notre Philosophe , que vous êtes ce qu'il
y a de plus sale dans votre maison : on n'y
voit par tout sur les murs & sur les planchers
que peintures admirables qui retracent aux yeux
des spectateurs les actions des Dieux. Vos vases ,
vos lits , les tapis qui les couvrent , tous vos
meubles enfin sont d'un goût exquis & d'une
propreté inimitable ; je ne pouvois trouver ailleurs que sur vous , qui êtes si mal propre , de
quoi me mettre à l'aise. »

# CHAPITRE III.

*De l'excellence de la Peinture en Mosaï-*
*que, & des différentes deſtinations que*
*les Anciens en firent.*

CETTE peinture eſt ſi ſolide que,
quoiqu'on marchât continuellement ſur
les pavés qui en étoient couverts, &
quoiqu'on les lavât ſouvent, ils n'en
recevoient aucun dommage. Son poli
& ſon luiſant éclat faiſoient dans l'é-
loignement l'effet le plus agréable. Supé-
rieure à tout autre genre de peinture
que le temps efface, la Moſaïque peut
réſiſter aux injures de l'air : expoſée au
dehors ſur les pavés, ſur les toîts &
ſur les murs, loin de s'y altérer, elle
y prend un nouvel éclat. Cet éclat
devint bien plus frappant, lorſqu'au
défaut de pierres aſſorties de différentes couleurs, les Grecs s'aviſerent d'y

employer le verre coloré plus aifé à
nettoyer que le marbre. Ne craignons
pas de le répéter avec M. le Comte
de Caylus : « La peinture en Mofaïque
tient vraiment du prodige, par la patience furprenante qu'elle demande
dans le jufte difcernement des teintes
& dans la taille des cubes. Ils y font
ordinairement diftribués en des parties
fi menues, leur volume y eft fi étroite-
ment refferré, qu'un efpace d'un pouce
en quarré contient quelquefois jufqu'à
cent quarante - quatre cubes & même
plus : rien n'étant fi difficile que de les
calculer au jufte, à caufe de l'inégalité de
ceux qui rempliffent les fonds, nécef-
fairement caufée par les contours. »

C'eft fans doute cette merveilleufe
induftrie qui a donné lieu à des Sçavans de faire dériver du mot Latin
*Mufæ* le nom appellatif de cette fcience
qu'on nomme auffi quelquefois Mufaï-
que, & en Latin *Mufivum* ou *Mufeum
opus* ; comme s'ils euffent voulu faire

entendre par-là, qu'elle eſt une faveur ſpéciale des Muſes qui ſeules peuvent inſpirer & conduire un travail qui renferme tant de délicateſſe, d'harmonie & de beauté. « Tous les Recueils d'Antiquité, dit encore M. de Caylus, font connoître la magnificence des Romains, dans l'ornement du pavé de leurs temples, de leurs bains, & de pluſieurs pieces de leurs maiſons. Rien n'eſt plus capable de prouver leur goût pour la Moſaïque, & en particulier pour les pavés de cette maniere, que le nombre de ceux qu'on découvre & qu'on pourra découvrir encore, même dans les lieux ſitués aux extrémités de l'Empire d'Occident, dans leſquels l'accord & la ſageſſe des couleurs ſont admirablement entendus. »

On peut ſe former une idée de l'excellence & de la beauté de la Moſaïque la plus ancienne, dans les deſſins que nous en ont conſervé pluſieurs célébres Antiquaires, & ſur - tout M.

le Comte de Caylus, dans les différens
tomes de ses Recueils d'Antiquités :
par exemple, Tome I. page 29, planche cvi, où il nous donne le deffin
d'une figure en Mofaïque trouvée il y
a quelques années à Tivoli : Tome II,
Antiquités de Bavai, pag. 399, planche cxxii, où est repréfenté le deffin
d'un plancher en Mofaïque de treize
pieds de long, fur huit de large : *ibid.*
pag. 364, planche cvii, où on reconnoît un autre deffin de pavé de Mofaïque, découvert en Efpagne fur le grand
chemin de l'ancienne Sagunte, aujour-
d'hui Morviedro. Ce deffin va de pair
pour le goût & l'exécution de la Mofaïque, avec le précédent, & encore avec
celui de la page 407 du même volume,
planche cxxi. Ce dernier pavé fut
découvert en Angleterre, dans le Comté
de Glocefter, & fon deffin envoyé à
M. l'Abbé Bignon. Il a cent quarante-
un pieds de long. On peut voir encore
plufieurs de ces mêmes deffins, Tom. III.

page 335 , planche x c i, Antiquités
Gauloifes. Tome V, page 326 , planche x c i i i, on trouve le deffin d'un
pavé de Mofaïque découvert à Metz
en 1755 , de vingt-neuf pieds de large
fur trente pieds deux pouces de long,
dans le lieu où étoit autrefois un temple dédié à Diane. Tome V I , Antiquités Romaines , page 269 , planche
lxxxiii, & Tome VII, page 273 ,
planche l x x v i , n°. 5.

Ces différentes Mofaïques font la
plupart formées de cubes de verre : les
fonds en font le plus ordinairement de
noir & de blanc. Cette derniere couleur en forme les contours avec la plus
grande netteté , & domine encore dans
la plus grande partie des feuillages : les
entrelas font d'un verd fourd terminé
par des corps d'un jaune terne ; le rouge
foncé y domine ; on y remarque même
un fentiment de rondeur & d'effers de
lumieres dans les endroits où elles font
néceffaires. Le bleu l'emporte quelque-

fois dans les ornemens ou guillochages qui forment l'encadrement. Quant aux vafes & aux figures d'hommes & d'animaux repréfentés dans les cartouches, ils font auffi - bien coloriés que les pierres aient pu le permettre dans les Mofaïques qui ne font compofées que de cubes de pierres. Spon ( a ) de fon côté a fait graver le deffin d'un pavé de Mofaïque qui fut découvert à Lyon par des ouvriers qui y travailloient en 1676, dans la vigne de M. Caffaire. Ces ouvriers, dit - il, remuant la terre trouverent à cinq ou fix pieds de bas un pan de mur qui étoit revêtu de Mofaïque. Ils le rompirent & le gâterent en travaillant. Le pavé qui eft refté entier dans la longueur d'environ vingt pieds fur dix pieds de largeur, eft tout orné de Mofaïque à carreaux & compartimens différens & fort ingénieux. Dans

(a) II. Differtation hiftorique des Antiquités de Lyon.

le

le milieu eft un quarré d'environ trois pieds de long & quatre pieds de large, fur lequel eft repréfenté un grouppe de quatre figures qu'il explique. Il remarque, que les couleurs qui y étoient employées, étoient le blanc, le rouge, le noir & le gris, & que les contours, les jours & les ombres y étoient bien ménagés.

On a trouvé dans les fouilles d'*Herculanum* plufieurs pavés de chambres & de galleries qui en ont été enlevés & placés dans différentes pieces du Cabinet d'Antiquités du Roi de Naples à Portici. Quelques-uns de ces pavés étoient de marbres de rapport à grands deffins, que les Romains nommoient *Sectilia*, d'autres de cette Mofaïque, qu'ils nommoient *Vermiculata*. On y en voit qui repréfentent des tapis dans le même goût de deffin & de couleur que les tapis de Turquie, & qui étoient d'une telle folidité, qu'on n'a pû facilement les enlever & les tranfporter

C

ailleurs, fans rien troubler de leur ordre, ce qui fe répare aifément en les enlevant par parties. M. l'Abbé Richard (a), qui a tout vu fur les lieux, remarque que chaque maifon de cette ville infortunée, détruite par une éruption du Véfuve, l'an de J. C. 79, avoit une pièce principale pavée de ces marbres ou de Mofaïque. On y a confervé de ces monumens entiers, fur-tout dans les cinq & feptieme pieces du *Mufeum Herculanum* de Portici. On y voit dans la feptieme un pavé de Mofaïque dans le même goût que ceux qui ont été trouvés à Tivoli & à Prénefte, ainfi que plufieurs tables de la même peinture. Dans la cinquieme, on remarque une très-belle Mofaïque à fleurs & volutes très-bien confervée.

_____

(a) Defcription hiftorique & critique de l'Italie, tome IV.

# CHAPITRE IV.

*De la Mosaïque de Paleſtrine.*

Pour bien juger du haut degré de perfection auquel les Anciens porterent l'art de peindre en Moſaïque, on ne peut mieux faire que de conſulter la Deſcription de la Moſaïque de Paleſtrine par M. l'Abbé Barthelemy, avec ſon Plan figuré à la fin du Recueil qu'il a donné des *Peintures antiques imitées fidelement pour les couleurs & pour le trait*, *d'après les deſſins coloriés de Pietro Santo Bartholi.* On peut auſſi, au défaut de cet ouvrage, rare par la petite quantité d'exemplaires qu'on en a fait tirer, [ trente ] lire ſon Explication de la Moſaïque de Paleſtrine ( *a* ), où il nous

(*a*) Explication de la Moſaïque de Paleſtr. par M. l'Abbé Barthelemy, Garde des Médail-

en a confervé le deffin au fimple trait
qu'il déclare devoir aux foins & aux
précautions de M. le Comte de Caylus :
« La ville de Paleftrine , dit ce fça-
» vant , conftruite des ruines de l'an-
» cienne Prénefte , fur une haute mon-
» tagne , à 21 milles de Rome , con-
» ferve encore dans fon enceinte les
» reftes du célebre Temple de la For-
» tune. Entre les édifices , qui , pofés
» avec régularité fur différens plans ,
» s'élevoient les uns au-deffus des au-
» tres : celui qui les couronnoit tous ,
» & qui fert aujourd'hui de Palais aux
» Princes de Paleftrine , étoit , à ce
» qu'on croit , le lieu même où la For-
» tune rendoit fes oracles ; & plus bas
» fur un des plans inférieurs , on voyoit
» un autre afyle facré , dont le fanc-
» tuaire étoit pavé d'une Mofaïque
» d'environ dix - huit pieds de long ,

les du Roi , à Paris , chez Guerin & Delatour,
1760.

» fur quatorze pieds quelques pouces
» de large. Les cubes de marbre dont
» cette Mofaïque eft compofée, font
» communément de trois à quatre lignes
» en quarré, & ceux qui forment les
» figures, font encore plus petits.
» L'humidité, les décombres, & l'ob-
» fcurité des lieux, dont elle avoit fait
» autrefois l'ornement, la déroboient,
» dans le fiecle dernier, à la curiofité
» du public. Le Cardinal François Bar-
» berin, voulant la fouftraire aux acci-
» dens qui commençoient à la détruire,
» la fit tranfporter, vers la fin du mê-
» me fiecle, dans le palais des Princes
» de Paleftrine. Elle y fut placée au
» fond du veftibule, en face de la porte
» d'entrée, dans une efpece de niche,
» dont elle couvre à préfent le pavé,
» où l'on eft plus à portée de juger de
» ce monument qui n'intéreffe pas
» moins les Artiftes que les Antiquai-
» res. »

Mais cette Mofaïque eft-elle ce ma-

gnifique pavé conftruit par ordre de
Sylla, dont parle Pline ( *a* ), ou n'en
eft - ce pas un autre ? Parcourons ce
qu'en penfe l'Auteur que nous venons
de copier. La fcene du tableau eft en
Egypte, dont elle repréfente un can-
ton, & non à Prénefte. Quel rapport
entre ce monument & la vie du Dicta-
teur Romain ? On y reconnoît des attri-
butions qui ne conviennent qu'à l'E-
gypte, & les principales figures de fol-
dats qu'on y remarque, font revêtues
d'habillemens Romains. L'aigle Romaine
y eft repréfentée avec fes aîles déployées.
L'afyle facré qui fe trouvoit dans la
partie inférieure, & dans lequel étoit
la Mofaïque dont il eft ici queftion,
n'étoit-il pas confacré en l'honneur de
quelqu'autre divinité que la Fortune ?
Le goût de cette Mofaïque n'eft - il
pas lui-même poftérieur aux temps de

_____

(*a*) Plin. lib. 36. cap. 25.

Sylla ? M. l'Abbé Dubos (*a*) regarde
cet afyle facré comme un temple de
Sérapis, & le deffin de la Mofaïque
comme une carte de l'Egypte : de fon
côté M. l'Abbé Barthelemy, fans égard
aux autres opinions, admet en partie
celle de M. l'Abbé Dubos ; il fe fonde
fur des infcriptions trouvées à Paleftrine ; il y reconnoît un Caius Valerius
Hermaifcus, fondateur d'un Temple
élevé en l'honneur du Dieu Sérapis, &
des Divinités qui devoient partager
avec ce Dieu le culte qu'on lui rendoit ;
puifque précifément dans l'endroit où
on a découvert la Mofaïque, on voit
encore cinq niches deftinées vraifemblablement, à contenir les figures de
Sérapis, d'Ifis, d'Anubis & d'Harpo-
crate, & peut-être d'Antinoüs.

Ce Valerius Hermaifcus vivoit dans
les dernieres années de l'Empereur

---

(*a*) Réflexions fur la Poéfie, &c. Tom. I.
pag. 348.

Adrien. Vraifemblablement il l'avoit
accompagné dans fon voyage d'Egypte.
Cela fuppofé, rien ne lui convenoit
mieux que de faire retracer dans cette
Mofaïque les détails de ce voyage.
C'étoit un fait récent; & Rome au
retour d'Adrien avoit dû s'occuper avec
un nouvel intérêt, des merveilles que
cet Empereur avoit vues en Egypte.
D'ailleurs, pouvoit-on mieux orner le
temple de Sérapis, qu'en y repréfentant un pays, où depuis quelque temps
fon culte fembloit effacer celui des
autres Divinités? Il étoit donc naturel
à Valerius Hermaifcus d'élever à la gloire
d'Adrien un monument qui flattât le
goût que l'Empereur avoit pris pour
tous ceux de l'Egypte. On reconnoif-
foit de plus fous une tente qui eft dref-
fée dans cette Mofaïque, ces vafes à
boiré que, dans fa lettre à Servien (a),

_____

(a) « Vopifc. in Sat. pag. 245. »

il dit que le Grand-Prêtre d'un Temple d'Egypte lui étoit venu offrir. Ces vases tels qu'ils font peints dans d'autres endroits de cette Mofaïque étoient en ufage dans l'Egypte. On les y nommoit *Rhiton*, & fuivant Athenée (a), ils avoient la forme d'une corne ; la liqueur en fortoit par une ouverture ménagée à la pointe du vafe. M. l'Abbé Barthelemy, entre un grand nombre d'autres circonftances, les regarde comme un fort préjugé pour fon fentiment. D'ailleurs, les noms Grecs qui font au-deffus des différens animaux, dont la figure eft tracée fur cette Mofaïque, plus connus en Egypte que par-tout ailleurs, femblent encore autorifer les connoiffeurs à l'attribuer à ce Caius Valerius Hermaifcus, qui étoit fans doute un Grec affranchi de la famille Valeria, comme fon nom paroît l'indiquer. C'eft ainfi

_____

(a) Athenée, liv. II. pag. 497.

que par une faine & judicieufe critique, ce Savant enleve à Sylla, la fameufe
Mofaïque de Paleftrine, pour la donner
à ce Caius Valerius Hermaifcus, qui
cependant n'en fit la dédicace à Sérapis
que fous le confulat de Barbarus &
de Regulus, l'an de Jefus-Chrift 175,
dix-neuf ans après la mort d'Adrien.
On ne peut d'ailleurs l'accufer de con-
tredire Pline, puifque cet Auteur ne
dit rien fur ce que repréfentoit la Mofaïque faite fous les ordres de Sylla. Cette
derniere ne pourroit-elle pas avoir été
tranfportée à Tivoly avec d'autres qui
ont toujours fait les délices d'Adrien.
Le Cardinal Furietti y en avoit decou-
vert de très-belles, quelque temps
avant fa mort, arrivée au mois de Jan-
vier 1764. ( a )

---

( a ) Defcription hiftorique & critique de
l'Italie, par M. l'Abbé Richard, Tome VI.
pag. 100 & fuiv.

Voilà ce qui regarde les pavés de Mofaïque. La plus ancienne voûte qui en foit à Rome, fe voit encore, dit Pinaroli (*a*), dans un ancien Temple de Bacchus, où dans le portique eft repréfentée l'hiftoire fabuleufe de cette divinité. Ce même Temple eft actuellement fanctifié, par la confécration qui en fut faite en 1256, en l'honneur de Sainte Conftance, par Alexandre IV.

Marcus Scaurus, qui, comme nous l'avons dit, avoit revêtu le fecond étage de fon magnifique théâtre d'incruftemens de verre & de lambris fuperbes de cette matiere, eut des imitateurs, comme il l'avoit été lui-même des Egyptiens. Nous avons vu par la fuite l'Empereur Aurelien employer dans les bains qu'il fit conftruire à Rome au-delà

(*a*) Traité des Antiquités de Rome, &c. divifé en trois tomes, en Italien & en Français, par J. P. Pinaroli, Rome 1725. Tom. II. pag. 343;

du Tibre, les richeſſes en verre dont Firmus, qu'il avoit vaincu, avoit orné les murs de ſon palais à Palmyre. (*a*)

Spartien, Auteur Latin du troiſieme ſiecle, cité par Spon (*b*), nous apprend que Peſcennius Niger n'étant encore que ſimple particulier, étoit ſi chéri de l'Empereur Commode, qu'il l'avoit fait peindre au rang de ſes favoris, dans une voûte de Moſaïque de ſon jardin, portant en proceſſion les myſteres d'Iſis.

La Moſaïque entra même dans les ouvrages les plus délicats, au rapport de Trebellius Pollion, dans ſon Hiſtoire des trente Tyrans. La couronne civique du jeune Tetricus étoit peinte en Moſaïque : *Coronam civicam induit picturatam de Muſæo.*

---

(*a*). « De hujus ( Firmi ) divitiis multa » dicuntur; nam ex vitreis quadraturis bitu- » mine, aliiſque medicamentis inſertis domum » induxiſſe perhibetur. » Vopiſc. Genev. 1623. fol. 405.

(*b*) Spon, Recherches curieuſes d'Antiquité, II. Diſſert. *In porticu curvâ pictum de Muſivo.*

# CHAPITRE V.

*De l'emploi que les Chrétiens firent de la Peinture en Mosaïque dès les premiers temps de liberté.*

LA haine que les premiers Chrétiens conçurent contre tout ce qui pouvoit avoir quelque rapport aux superstitions du Paganisme, contribua plus que toute autre chose, à l'espece d'abandon auquel la Peinture & la Sculpture se virent exposées, pendant les deux premiers siecles de la Religion Chrétienne. Mais sitôt que Constantin fut devenu le protecteur du Christianisme, & eut rendu l'Eglise glorieuse & triomphante par sa conversion, on le vit abattre un grand nombre de Temples consacrés aux Idoles, & bâtir d'augustes Basiliques dans toute l'étendue de son domaine d'Orient & d'Occident, dans lesquelles sa sainte Mere & Lui prodiguerent la peinture en Mosaïque.

Les plus anciens inventaires des Eglises font foi que dès les premiers siecles de liberté, on orna en Mosaïque les croix, les reliquaires, les tables d'autels, les candelabres, & même les bonnets ou mitres des Evêques.

Ce goût augmenta de plus en plus. La Mosaïque devint un des plus beaux ornemens des Eglises, lorsque les successeurs de Constantin autoriserent & même presserent la construction de ces édifices publics, dans toute l'étendue de l'Empire. Alors les Papes & les Evêques comblés de leurs largesses en employerent une grande partie ( c'est-à-dire celle qu'ils ne pouvoient soustraire au soulagement des pauvres, sans leur porter préjudice ) à la décoration de ces Basiliques, dont ils conduisoient quelquefois eux - mêmes l'exécution dans toutes les Provinces, où ils obtinrent des sieges de la pieuse libéralité des

Empereurs. Ce n'étoit pas tant le defir
d'embellir leurs Eglifes, que l'utilité
des Fideles qui leur étoient confiés, qui
les portoit à enrichir ces nouveaux Temples de ces peintures en Mofaïques.
Ces faints Pontifes, fouvent grands
Philofophes, fentoient que l'impreffion
des fens & la force de l'imagination
agiffoient fur le commun des Chrétiens,
comme fur les Idolâtres : ils cherche-
rent donc les moyens d'aider leur piété,
en leur faifant aimer les lieux deftinés
fpécialement à l'exercer. Là, les yeux
du corps, féduits les premiers, faifoient
paffer avec plus de plaifir ceux de l'ef-
prit à l'examen réfléchi des objets repréfentés.

Sixte III, dit Ciampini, (a) avoit
fait peindre fur la voûte de S. André,
*in Barbara*, qu'il venoit de faire bâtir,
les principales circonftances de la Nati-

---

(a) Veter. monim. Part. I. cap. 27. p. 243.

vité du Sauveur. Il vouloit empêcher par-là les progrès du Neftorianifme que fon prédéceffeur venoit de faire condamner dans le Concile d'Ephefe. Cherchant à fortifier la foi des fimples fideles, par la vue fréquente de la repréfentation de ces faints myfteres, il les leur dédia même par cette infcription : SANCTÆ PLEBI DEI. Son exemple fut imité par fes fucceffeurs, jufqu'à Jean VIII. Cette infcription & quelquefois des vers Latins ( *a* ) qui y avoient beaucoup de rapport, fe lifoient dans la Mofaïque qu'ils accompagnoient ou couronnoient. C'eft ainfi qu'ils diftinguoient les fimples Laïques de ceux qui étoient initiés dans la fcience de l'Hiftoire fainte, & dans l'étude de nos divins myfteres ( *b* ).

---

(*a*)Plebs devota veni,perque hæc commercia difce
    Terreno cenfu regna fuperna peti.

    ( *b* ) Veter. monim. Part. I. « Id eft oculis
» Laïcorum, quos eâ tempeftate, ut plurimum,
» facrarum Hiftoriarum ignorantia premebat. »

C'eft

C'eſt ce qui faiſoit dire à S. Grégoire le Grand (a), que la peinture eſt pour les ſimples & les ignorans, ce que l'écriture eſt pour ceux qui ſont capables de s'appliquer à la lecture. C'eſt auſſi pour cela que Grégoire II reprochoit à l'Empereur Léon, chef des Iconoclaſtes, qu'avant qu'il ſe déchaînât, comme il avoit fait, contre les images de platte peinture (b), les peres & meres tenant entre leurs bras leurs tendres Néophites, leur montroient du doigt, & même aux adultes & aux Chrétiens étrangers la repréſentation des myſteres ou des actes des Saints, & ſe ſervoient de ce moyen pour élever les eſprits & les cœurs à Dieu.

Prudence (c), Poëte Chrétien, con-

---

(a) Lib. IX. Epiſt. 209. « Quod legenti-
» bus ſcriptura, hoc Idiotis pictura. »
(b) In Epiſtolâ I. in Conc. Nic.
(c) Tunc cameras yalo inſigni varie cucurrit arcus.
Sic prata vernis floribus renident.

D

temporain de Valentinien le jeune, dans la description qu'il donne de l'Eglise que cet Empereur fit bâtir à Rome, à la place de celle qui avoit été construite par Constantin, en l'honneur de l'Apôtre saint Paul, & qui fut finie par les ordres & les soins du Pape Honorius, célebre la beauté de la Mosaïque qui en ornoit la voûte.

Le même Poëte exprime encore admirablement, dans les Cathémerinon, (a) l'effet éclatant de la lumiere des lampes, qu'on entretenoit en grand nombre dans les Eglises, lorsqu'elle se répandoit sur la Mosaïque de leurs voûtes & de leurs murs. Enfin ce même effet est ingénieusement rendu dans sa Psycoma-

---

(a) Prudent. Cathemerimon. Versu 141.

Pendent mobilibus lumina funibus
Quæ suffixa micant per laquearia ;
Et de languidulis fœta natatibus,
Lucem perspicuo flamma jacit vitro.

thie (a), dans la defcription allégori-
que du Temple, qu'il fuppofe que la Foi
& la Concorde élevent, de concert, à
la gloire du Très-haut.

L'Italie fur-tout fe diftingua par la
quantité de peintures en Mofaïque, dont
les Eglifes furent ornées depuis le quatrieme fiecle, jufques vers le commencement du huitieme. Rome, Ravennes,
Pife & Florence (b) fe difputerent,
comme à l'envi, dans ces temps, l'éclat
de cette peinture merveilleufe, non
par le goût & le deffin d'abord, mais

---

(a) *Idem*, in Pfycomachiâ, verfu 853.

Quin etiam totidem gemmarum infignia textis
Parietibus diftincta micant animafque colorum
Viventes, liquido lux evomit alta profundo.

(b) L'Abbé Chaftelain, dans fon Voyage
d'Italie, dit « que l'Eglife de Sainte Minia,
conftruite au milieu de la Citadelle, eft la
plus remarquable de Florence, & la feule de
la Ville, où il refte des marques d'antiquité ;

par le précieux & la solidité de cette maniere de peindre.

---

qu'elle eft toute de marbre & en Mofaïque de figures & dorée. »

# CHAPITRE VI.

*Des sujets que les anciens Peintres en Mosaïques traitoient le plus ordinairement dans les Eglises.*

LES sujets sur lesquels les Peintres de Mosaïque exerçoient le plus ordinairement leurs talens dans les Eglises, étoient tirés ou de l'ancien, ou du nouveau Testament. Jesus-Christ y étoit, le plus souvent, représenté sur un trône brillant au milieu des saints Anges, distingués par des aîles. Les Patriarches, les Prophetes, la sainte Vierge, les douze Apôtres, les quatre Evangélistes & les saints Martyrs, y étoient désignés par les différens symboles qui les caractérisoient, ou par l'empreinte des instrumens qui avoient fait leurs supplices. ( *a* )

_____

( *a* ) In manipulo, &c. à Patre Combesis; Lauda-

D iij

Ici Ciampini (*a*) fait une remarque qui prouve bien le défaut d'intelligence de l'Hiſtoire ſainte, dans lequel croupiſſoient les Chrétiens du cinquieme ſiecle. On ne voyoit point, dit - il, dans ces peintures d'image de Jeſus-Chriſt attaché en Croix : leur foi avoit trop déchu de la ferveur des Chrétiens de la primitive Egliſe, pour oſer propoſer à leur culte & à leur vénération un objet, qui parmi les Nations étoit

---

tione, &c. à Photio Patriarchâ Conſtantinop. habitâ ſic legitur : « In ipsâ ſuperiori fornice » ( Eccleſiæ Sanctæ Sophiæ ) virilis imago, » Chriſti formam proferens, lapillorum vario » flore depicta enitescit . . . . . Angelorum » communem ſtipantium Dominum depicta » multitudo ; quæ vero ab altaris loco abſis » aſſurgit, Virginis formâ ſplendescit . . . . » Apoſtolorum chorus atque Martyrum, ſanè » etiam Prophetarum ac Patriarcharum egre- » gium templo ornatum, quod pictis imagini- » bus impleant, afferunt. »

(*a*) Veter. monim. Part. I. Capit. 20.

encore regardé comme l'inftrument du
dernier fupplice, par lequel on punif-
foit les malfaiteurs. Pour leur donner
de Jefus-Chrift une idée plus affortie
à leur maniere de penfer toute char-
nelle, on le leur peignoit environné
de rayons que formoient autour de fon
image les pierres brillantes qui l'envi-
ronnoient : l'éclat de l'or & des pierre-
ries étant beaucoup plus propre à atti-
rer leurs regards & leurs refpects, que
ce qui fembloit ne pouvoir leur infpi-
rer que de l'horreur.

Pour fe former une jufte idée de ces
peintures, & des fujets qu'elles repréfentoient, on peut voir dans l'ouvrage
que Ciampini nous a laiffé fur ces anciens monumens, les eftampes qu'il en
a fait graver, dans fes deux volumes.

La ville de Ravennes devint auffi
très-célebre par fes peintures en Mofaïque. Pendant que Rome édifioit fes
Fideles, par celles que le Pape Céleftin
avoit fait faire dans l'Eglife de Sainte

Sabine , Sixte III, à Sainte Marie
Majeure , pour rétablir celle qui avoit
été exécutée en 352, par ordre du Pape
, Libere , dont elle avoit pris le nom ;
pendant qu'elle vantoit celles de l'Eglise
de faint Paul , *in viâ Oftienfi* ; pendant
qu'on y admiroit celles des Chapelles
de faint Jean-Baptiste & de faint Jean
l'Evangélifte , dans le Baptiftere de
Latran , exécutées fous le Pape faint
Hilaire , & dans lefquelles étoient peintes toutes fortes de fleurs , de fruits,
d'oifeaux & d'animaux de toute efpece ;
enfin , pendant que les Chrétiens témoi-
gnoient encore leur reconnoiffance au
Pape Simplice, du don qu'il venoit de
leur faire de la Bafilique Sicinienne ,
qu'il avoit dédiée fous l'invocation de
faint André, après l'avoir revêtue d'une
fuperbe Mofaïque : Ravennes de fon
côté comptoit parmi fes Eglifes les plus
embellies de cette peinture , dès le
commencement du cinquieme fiecle ,
l'Eglife de fainte Agathe. Vers l'an

440, Galla Placidia, qui y avoit fait construire quatre Eglises, s'appliqua sur-tout à embellir d'un grand nombre de tableaux en Mosaïque, celle qu'elle fit dédier sous l'invocation des saints Martyrs Nazaire & Celse. Le Baptistere, de cette même ville, construit en 451, par Neon, son Evêque, & dédié sous le nom de saint Jean-Baptiste, est tout éclatant de Mosaïque, sur-tout dans sa coupole. On vit, à dater d'Acace, Arien, Patriarche de Constantinople, & successeur de Saint Gennade, les Pontifes faire placer leurs portraits dans ces tableaux qui servoient à la décoration de leurs Eglises.

L'Empereur Justinien & Théodora, sa femme, se firent aussi peindre en Mosaïque aux deux côtés des murs de l'Eglise de saint Vital à Ravennes. C'est sans doute de ces peintures dont parle M. l'Abbé Chastelain, & qu'il dit avoir vues dans un Oratoire du jardin de l'Abbaye de ce nom, représentans des perfonnages, dont une partie, à hauteur d'homme, eft écaillée par la trop grande humidité ; pendant que le refte eft demeuré auffi frais que s'il venoit d'être fait ; quoiqu'il date de plus de 1300 ans. Dom de Montfaucon parle de cette Mofaïque avec plus d'étendue. On voit, dit ce laborieux Ecrivain, *Diar. Ital. cap. 7. pag. 97*, d'un côté du Chœur, l'Empereur Juftinien revêtu de toutes les marques de la dignité Impériale, accompagné d'un Evêque, de Diacres, & autres Miniftres des faints Autels habillés comme il étoit d'ufage dans ce temps-là ; de l'autre côté eft pareillement repréfentée l'Impératrice Théodora, avec les Dames de fa fuite : & cet Auteur renvoie aux deffins qu'en a fait graver Ciampini, qu'il appelle un homme d'heureufe mémoire, *Viro macarites Ciampinius.*

Nous lifons dans l'Hiftoire Eccléfiaftique du fçavant Abbé Fleury ( *a* ),

-----

(a) Hift. Eccléf. *in*-12. Tom. XIV. p. 558.

qu'on voit à Rome dans la Mosaïque
de l'Eglise de Sainte Marie de de-là le
Tibre, les portraits d'Innocent II; du
Pape Calixte I, dont cette Eglise portoit autrefois le nom; du Pape Jules I,
qui lui donna le sien après l'avoir
réparée; du Pape S. Corneille & de S.
Callépode, Prêtre, qui y avoit été inhu-
mé : ce qui sert à prouver, en passant,
avec quel soin les anciens Chrétiens
conservoient les portraits des Souverains
Pontifes & des Prêtres, qui s'étoient le
plus distingués dans l'Eglise. (Innocent II
n'ayant occupé le siege de Rome que
dans le douzieme siecle, & les autres
Souverains Pontifes, ainsi que le Saint
Prêtre Callépode, étant des troisieme
& quatrième siecles. )

# CHAPITRE VII.

*Des progrès de la Peinture en Mosaïque dans les Eglises des Gaules & dans la Grece Chrétienne.*

CET art qui s'étoit déja répandu de l'Italie dans les Gaules, pour l'ornement des pavés, dont on découvre encore des monumens dans les pays qui bornerent les conquêtes des Romains, y paſſa de même dans les voûtes & ſur les murs des ſaints édifices qui s'y conſtruiſoient. Rien ne fut plus fréquent que l'uſage que nos anciens Prélats en firent pour l'ornement de leurs Egliſes, ſur-tout pendant le cinquieme ſiecle.

Fortunat de Poitiers, contemporain de Grégoire de Tours, dépeint élégamment dans quelques-unes de ſes Poéſies la beauté de ces morceaux de Moſaïque, qui faiſoient partie de la décora-

tion des Eglifes que de faints Evêques
venoient de faire conftruire. On peut
en juger par la defcription qu'il donne,
entre autres, de celle que Felix, Evêque de Nantes y venoit d'élever en
l'honneur des Apôtres faint Pierre &
faint Paul, dans laquelle il avoit fait
peindre en Mofaïque quelques actes de
la vie des faints Hilaire, Martin &
Ferreole. (*a*)

Le même Poëte complimente Grégoire de Tours (*b*) fur le brillant éclat

---

(*a*) Fortunati, lib. III.

Dextera pars Templi meritis *Præfulget* Hilari
    Compare Martino confociante gradum.
Gallia dum proprios fic *Fundit* ubique Patronos,
    Quos hic terra tegit *Lumina* mundus habet.
Altera Ferreoli pars eft qui vulnere ferri,
    Munere Martini, *Gemma fuperba nitet.*

(*b*) Fortunat, lib. III. ad finem.

Fundamenta igitur reparans hæc prifca Sacerdos
    Extulit egregius quam *Nituere* prius.

& l'imitation parfaite des Mosaïques de l'Eglise qu'il venoit de faire reconstruire en l'honneur de saint Martin. Enfin le même Grégoire de Tours, dans la partie de l'Histoire de France dont nous sommes redevables à ce Pontife ( *a* ), fait l'éloge de la magnificence des autels peints en Mosaïque qui ornoient l'Eglise Cathédrale de Clermont, que saint Namase, huitieme Evêque de ce siege, y avoit fait bâtir vers le milieu du cinquieme siecle, qui fut achevée en dix années. L'Historien de l'Abbaye Royale de Saint Germain-des-Prés, en décrivant ( d'après Gislemar, qui a retouchée la vie de saint Doctrovée, son premier Abbé ) l'Eglise de cette Abbaye, construite par Childebert vers le milieu du sixieme siecle, dit que son pavé étoit

---

*Lucidius* Fabricam *picturæ* pompa perornat
Ductaque quæ fucis vivere membra putes.
(*a*) Histor. Franc. lib. II.

composé de toute sorte de petites pierres de rapport. (a)

Pendant que notre art acqueroit de jour
en jour un nouveau lustre dans l'Empire
d'Occident, il se soutenoit dans la plus
haute réputation dans celui d'Orient où
il avoit pris naissance. Il y fut employé
dans tous ses modes, avec autant de
goût que de profusion. On y prodigua
l'or qu'on appliquoit sur le verre qui
servoit de fond à ces tableaux. L'Empereur Justinien surpassa dans ce genre
tous ses prédécesseurs, pour l'embellis-
sement de l'Eglise qu'il fit bâtir, à si
grands frais, à Constantinople, en l'honneur de la Sagesse incarnée, autrement
sainte Sophie. On peut consulter sur la
magnificence de cette Basilique, ce que

(a) Ex actis Sanctorum Ordinis Sancti Bene-
dicti, Tomo primo « Strato inferius pulchro
» emblemate pavimenti. » Et Hist. de l'Abbaye
Royale de Saint Germain-des-Prés, par Dom
Jacques Bouillard, Paris, 1724.

Paul le Silentiaire, Procope le Rhéteur, Photius, Patriarche de Conftantinople & d'autres Auteurs traduits du Grec en Latin, par le Pere de Combefis, Dominicain, nous en ont confervé. ( *a* )

On vit alors arriver ce qui furvient ordinairement dans les différens ufages, fur - tout de fomptuofité. Tout excès féduit dans le commencement & finit par devenir défagréable, parce qu'il devient à charge, principalement dans des temps fâcheux.

---

(*a*) « In manipulo originum rerúmque Conftantinopolitanarum jam laudato. »

CHAPITRE

# CHAPITRE VIII.

*Des révolutions survenues dans la Pein-
ture en Mosaïque dans l'Occident, &
l'Orient. La Peinture sur verre prend sa
place en France.*

LES révolutions occasionnées successi-
vement par les guerres des Goths &
Visigoths, par l'irruption des Sarra-
sins & le pillage de Rome, sous l'Empereur Constant II, suspendirent pendant quelque temps le progrès des arts
en Italie. Ce n'est pas que la fureur &
la barbarie du soldat victorieux n'aient
été souvent arrêtées par la prudence,
la sagesse & la modestie des Généraux,
& que l'amour des arts ne se soit souvent rencontré joint à la valeur, chez les
plus formidables guerriers. On sçait que
Théodoric aimoit la peinture en Mosaïque, & qu'il se fit peindre de cette

E

maniere à Naples; cependant depuis le
Pontificat du Pape saint Hilaire, jufqu'à celui de Leon III, c'est-à-dire,
pendant l'espace d'environ trois siecles,
l'Histoire Ecclésiastique ne fait mention
que de cinq Papes qui employerent la
Mosaïque à la décoration des Eglises
ou de leurs Palais. ( *a* ) Ils y dépense-
rent des sommes immenses, par la néces-
sité où ils se trouverent de faire venir,
à cet effet, des Artistes de la Grece;
tant la pratique de cet art étoit deve-
nue rare en Italie, quoiqu'il s'y fût toujours un peu maintenu.

Une semblable révolution dans cette
maniere de peindre, se fit sentir jusques dans l'Empire d'Orient au huitieme
siecle. L'empereur Léon, chef des Ico-
noclastes, séduit par l'opinion des Musul-

---

( *a* ) Fleury, Hist. Ecclés. *in*-12. Tom. VIII.
pag. 350: tom. IX. pages 131, 315, & 358:
tom. X. pages 13 & 158.

mans, malgré la réfiftance de faint Germain, Patriarche de Conftantinople, fondée fur la plus ancienne tradition de l'Eglife, en faveur du culte des images, avoit conçu le deffein de l'abolir. Il fit à cet effet, brûler les tableaux fur bois, gratter & recouvrir de plâtre les peintures en Mofaïque qui étoient dans les Eglifes, & fur-tout celles qui repréfentoient des figures humaines.

Plus on approcha du dixieme fiecle, plus on négligea les arts qui contribuoient à la conftruction & à la décoration des maifons même des particuliers. On ne réparoit plus celles qui menaçoient ruine. Ce qui donna lieu à cet abandon fingulier, fut une épouvante que de fréquens tremblemens de terre furvenus dans différentes contrées d'une part, & de l'autre un paffage mal entendu de l'Apocalypfe, avoient occafionnée, comme il arrive ordinairement, dans les temps où le fanatifme & la

superstition marchent à côté de l'igno-
rance. Saint Jean avoit écrit ( *a* ), qu'*il
avoit vû un Ange enfermer & lier le dra-
gon pour mille ans ;* ç'en fut assez pour
faire naître dans l'imagination des peu-
ples que la fin du monde étoit proche.
On ne douta plus qu'elle ne dût arriver
avant celle du dixieme siecle. Cependant, lorsqu'on vit que ce siecle étoit
prêt à s'écouler, & que toutes choses
suivoient leur cours ordinaire, cette
fausse terreur se dissipa. Ce fut dans
toutes les provinces à qui feroit de nouvelles constructions. On vit rajeunir,
pour ainsi dire, la face du monde Chré-

---

( *a* ) Apocalypse de saint Jean, chap. X X.
Saint Augustin, liv. XX. de la Cité de Dieu,
chap. VII. & suivans, & d'autres Interpretes,
long-temps auparavant, c'est-à-dire, vers le
milieu du quatrieme siecle, avoient expliqué
ce terme de *mille ans*, par un nombre indé-
terminé, dont ceux qui seroient au-dessus ne
seroient que des multiplications.

tien. De bois qu'elles étoient pour la plupart, les Eglifes furent reconftruites en pierres. On en bâtit de plus grandes, plus vaftes & plus folides qu'elles n'étoient auparavant.

La maniere de peindre en Mofaïque ne fut pas totalement oubliée en France dans l'onzieme fiecle. L'Eglife d'Ainay, celle de faint Irenée à Lyon, en ont confervé de ce temps. Tout le pavé près de l'autel à Ainay étoit en Mofaïque. Le Pape Pafchal II, qui rebâtit cette Eglife, y eft repréfenté avec ce vers :

Hanc ædem fanctam Pafchalis Papa dicavit.

Le pavé de celle de faint Irenée, ouvrage affez groffier dans ce genre, annonçoit qu'il étoit de la fin du dixieme fiecle. (a)

---

(a) Spon, Hift. des Antiquités de Lyon, & Recherch. curieufes d'Antiquités. II. Differt.

Spon, nons donne d'après Bergier,
dans fon Hiſtoire des grands chemins
de l'Empire Romain ( fort rare du temps
de Spon, mais dont nous avons deux
éditions depuis 1728 ) la defcription
d'un pavé de Mofaïque qui eſt dans
l'Eglife de l'Abbaye de faint Remy de
Rheims. Ce morceau mérite d'être copié
d'après Spon :

« Ce pavé, nous dit-il, remplit d'un
bout à l'autre le Chœur de cette Eglife,

---

M. de Caylus, Recueil d'Antiq. Tom. VII.
Antiq. Gaul. pag. 272 & fuiv. parle d'un morceau de cette Mofaïque dont il étoit poſſeſſeur,
qu'il dit être encaſtrée dans une couche de
plomb, & ne pouvoir par conféquent avoir la
folidité néceſſaire pour ce genre d'ouvrage.
« Ce pavé, ajoute-t-il, ne peut avoir été
» établi, felon moi, qu'en pofant les cubes
» fur un plan exaƈt : alors on couloit du plomb
» fondu fur le revers, que l'on diſtinguoit par
» carreaux plus ou moins grands, & l'on formoit
» le pavé, de ces différens carreaux également
» retenus & foudés par le plomb. »

qui n'eft ni moins long ni moins large
que celui de Notre-Dame de Paris. Il
eft affemblé de petites pierres de marbres, les unes dans leur couleur naturelle, les autres teintes & émaillées,
fi bien rangées & maftiquées enfemble,
qu'elles repréfentent une infinité de
figures comme faites au pinceau.

A l'entrée du Chœur, un David
jouant de la harpe, avec cette infcription fur fa tête : REX DAVID.
Entre ladite figure & l'aigle, un grand
cadre au milieu duquel eft l'image &
le nom de S. Jérôme : autour de lui les
figures & les noms de tous les Prophetes, Apôtres, & Evangéliftes, auteurs
des livres de l'ancien & du nouveau
Teftament, chacun ayant fon livre
figuré près de foi, & diftingué par fon
nom ; les uns en forme de livres clos,
les autres en volumes roulés à l'antique...... Au côté droit du Chœur,
quatre autres quarrés ; dans le premier
les figures des quatre fleuves du Para-

dis terreſtre repréſentés par des hommes verſans de l'eau de certaines cruches qu'ils tiennent ſous leurs bras, déſignés par les quatre noms ſuivans : *Tygris* , *Euphrates* , *Geon* , *Fiſon* , au milieu deſquels , une femme tenant une rame , & aſſiſe ſur un dauphin , avec ces mots : *Terra* , *Mare.*

Le ſecond quarré n'eſt rempli que d'un rameau avec ſes feuillages.

Dans le troiſieme les quatre ſaiſons de l'année avec leurs noms : *Ver* , *Æſtas* , *Autuminus* , *Hiems.* Au milieu, un homme aſſis ſur un fleuve avec ces mots : *Orbis terræ.*

Dans le quatrieme , les ſept Arts libéraux , dont ces figures ſont la plupart cachées & couvertes par les ſtalles des Religieux , & dont on ne voit à découvert que les deux mots : *Septem artes.*

Au côté gauche , un grand quarré , deux fois plus long que large , lequel contient deux bandes larges arrondies en cercles d'une égale grandeur , qui

fe touchent toutes deux par leur conve-
xité. Dans la premiere font figurés les
douze mois de l'année ; dans la feconde
les douze fignes du Zodiaque : au cen-
tre la figure de Moyfe affis en une chaife
& foutenant un Ange fur l'un de fes
genoux, avec ces mots à l'entour : *Moyfi-
que figuras monftrant hi proceres* : le refte
ne fe peut lire étant caché fous les
chaires des Religieux ; de même que
les figures de la Juftice , de la Force &
de la Tempérance ; ainfi que celles de
l'Orient , de l'Occident & du Septen-
trion ; ce que l'on juge par la figure de
la Prudence, qui paroît en forme d'une
femme tenant un ferpent , & défignée
par ce nom : *Prudentia* ; & par celle d'un
homme repréfentant le Midi , avec ce
mot : *Meridies.*

Au milieu de la bande rouge des
fignes, font repréfentées les deux our-
fes marquées de leurs étoiles , l'une
ayant la queuë du côté que l'autre a la
tête , en la même façon qu'on les voit

dépeintes fur les globes céleftes.

Toutes ces figures & plufieurs autres
qui feroient trop longues à raconter ,
font peintes en Mofaïque fur un champ
jaune de même ouvrage , dont les plus
gros pavés ou cubes n'excédent point
la largeur de l'ongle , fi ce n'eft quelques tombes noires & blanches & quelques pieces rondes de jafpes , les unes
pourprées , les autres ondées de diverfes couleurs qui y font pratiquées dans
certains compartimens faits de pieces
de marbres , comme des pierres pré-
cieufes enchâffées dans un anneau.

Les degrés de l'autel , ainfi que le
pavé du presbytere, font ornés de pareils
compartimens de Marqueterie, où font
repréfentées plufieurs hiftoires de l'ancien Teftament faites de même maniere,
dont plufieurs figurent le très - faint
Sacrement de l'autel. »

L'Eglife dans laquelle eft ce pavé,
fut dédiée par le Pape Leon I X , qui
y tint un Concile au commencement

du mois d'Octobre 1049, ce qui fait
voir que cette Mosaïque ne remonte
pas plus haut que le commencement
du onzieme siecle, ainsi que celle qu'on
voyoit dans la Cathédrale de Nismes.

On voit par le petit nombre de Mosaïques citées par Spon (*a*), que quel
que fût le zele connu des François pour
la reconstruction des Eglises après l'écou-
lement du dixieme siecle, il se rallen-
tit beaucoup pour la peinture en Mosaïque. Les deux Bénédictins de la Congrégation de Saint-Maur, Auteurs des
deux parties des Voyages Littéraires,
en parlant de la Mosaïque (*b*), dont

_____

(*a*) Recherches cur. d'Antiq. II. Dissert.

(*b*) Voyage Litt. Tome I, seconde partie,
page 47. Il est surprenant que la connoissance
du pavé de Mosaïque de la neuvieme Chapelle
du chevet de l'Eglise de Saint-Denis en France,
sous l'invocation de S. Firmin, soit échappée
à nos deux Bénédictins ; ainsi que la Mémoire
de celle du pavé de tout le chevet de la même
Eglise, qui fut détruite en 1682, & remplacée

étoit encore orné , de leur temps , le Sanctuaire de l'Eglife de la Dorade à Touloufe ( *a* ) , remarquent qu'il eft le feul qu'ils aient vu peint en cette maniere , pendant le cours de leur voyage.

---

par des carreaux de pierre de liais. Il ne leur falloit , pour la premiere , confulter que leurs propres yeux , quoiqu'elle ait beaucoup perdu de fon éclat , & pour la feconde , que la defcription de cette Eglife , avec l'hiftoire de cette Abbaye par Dom Michel Felibien de la même Congrégation : Paris , chez Léonard , 1706.

( *a* ) M. le Comte de Caylus , Recueil d'Antiq. Tome VII , page 273 , parle des cubes de cette Mofaïque , comme ayant été encaftrés dans du plomb , beaucoup mieux confervés & moins grofliers que ceux d'Ainay.

Ne feroit-ce pas-là l'origine du plomb qu'on fubftitua pour la liaifon des vitres à celle du plâtre qu'on y employoit auparavant , & qu'on nommoit en Grec *Gypfen plaftichen technen* ? Ce fut en effet vers le même - temps , qu'au rapport de Leon d'Oftie , l'Abbé Didier fit fermer toutes les fenêtres de l'enceinte du Sanctuaire , de la Nef , & du Portail de fon

L'abandon que les François firent de la peinture en Mofaïque fur les pavés, fur les voûtes & fur les murs, firent place à la peinture fur verre, dont il devint l'époque. En effet, les plus anciens monumens datent des onzieme & douzieme fiecles. Le brillant effet de la tranfparence du verre coloré leur parut plus attrayant. Ils s'y appliquerent, par préférence, pour en orner les fenêtres de leurs Eglifes, & la peinture fur verre actuellement prefque perdue pour nous, fit fucceffivement en France, jufques vers le dix-feptieme fiecle des

---

Eglife neuve du Mont-Caffin avec des vitreaux remplis de panneaux de verre enchâffé dans le plomb, foutenus & réunis enfemble par des traverfes & des verges de fer. « Feneftras omnes » navis & tituli plumbo ac vitro compactis » tabulis ferroque connexis incluſit . . . . . . » Quæ vero in lateribus utriufque porticûs funt » ( feneftræ ) illas quidem Gypfeas fed æquè » pulchras effecit. » In Leon. Oft. lib. 3. cap. 31.

progrès auſſi conſidérables que la Moſaïque en fait encore actuellement en Italie, où le goût pour la peinture ſur verre
n'a jamais pu ſe conſerver.

# CHAPITRE IX.

*De la reſtauration de la Peinture en Moſaï-*
*que dans l'Italie. Elle ſemble y fixer*
*ſon ſéjour, ſur-tout à Rome.*

ON diroit que c'eſt une deſtinée ſin-
guliere de l'Italie de n'avoir pu ſe former le goût de la Peinture & l'y conſerver, que par le ſecours des Grecs.
Ce furent eux qui l'y introduiſirent. Ils
l'y rétablirent au commencement de
l'onzieme ſiecle. Dès l'an 1013, on les
vit faire à Florence, à Veniſe, à Rome
& dans d'autres Villes d'Italie, des
ouvrages de peinture en Moſaïque. Ces
ouvrages, quoique groſſiers, ſervirent
de modeles aux Italiens pour s'y renouveller.

Vers ce temps les fils du Doge de
Veniſe, Angelo Particiatio, firent
reconſtruire, plus magnifiquement,

l'Eglise que leur pere y avoit fait bâtir, en l'honneur de S. Marc. Ils firent venir à cet effet de la Grece des Architectes & des Artistes qui y prodiguerent la plus riche Mosaïque. Ce travail approche le plus de l'antiquité & tient le premier rang entre les ouvrages de ce genre, par l'abondance de l'or qui y domine, plus que par la beauté de son exécution & la correction du dessin. La plus grande partie des cubes qui composent cette Mosaïque n'ont chacun que trois ou quatre lignes de face. L'or qui est employé sur la face des cubes, & incorporé par le feu, étoit autrefois d'une grande vivacité : il est à présent terni par les vapeurs de la mer, qui entoure cette Ville de tous côtés. Toutes les figures, draperies & autres ornemens, sont assez bien coloriés, & le rapport des pieces y est assez exactement observé. Cette Mosaïque, en partie, date de neuf cent ans au moins. Outre ces cubes artificiels, on

y

y employa une infinité de pierres naturelles, comme le jafpe, le porphyre, la
ferpentine & les marbres de toutes couleurs. Les Vénitiens abondoient en ces
fortes de matériaux qu'ils avoient tranf-
portés chez eux. Ils s'étoient approprié
tout ce qu'ils avoient trouvé de plus
précieux en ce genre & en beaucoup
d'autres, à Conftantinople & ailleurs,
dans le temps des Croifades. Ils avoient
imité en cela les Romains, qui enrichif-
foient leur ville de ce qui faifoit l'ornement de celles où ils entroient par
droit de conquête.

Vers le milieu du même fiecle, Didier,
Abbé du Mont-Caffin, ayant entrepris
de reconftruire la principale Eglife de
fon monaftere, & d'en élever une plus
grande & plus magnifique fur de nouveaux fondemens, fe vit obligé d'en-
voyer à Conftantinople pour en faire
venir des Peintres en Mofaïque, & des
Marbriers.

Cet art, fi l'on en croit Leon d'Oftie, étoit tombé dans l'Italie, depuis plus de cinq cens ans (*a*): c'est pourquoi l'Abbé Didier prit un grand soin d'en faire instruire plusieurs Serfs de son Monastere, ainsi que de tous les arts utiles à la construction des bâtimens. Ces nouveaux éleves se fortifierent dans l'exercice de ces arts, & en formerent d'autres qui les surpasserent sans doute, à force de travail, mais qui ne furent pas encore de grands artistes.

---

( *a* ) *Leonis Ostiens. hist. Mont-Cass. cap.* 28 & 29 : Il paroît que Leon d'Ostie voulant ici relever le mérite de l'Abbé d'un Monastere où il avoit été Moine lui-même, avant d'être élevé à l'Episcopat & à la dignité de Cardinal, s'est trompé, en supposant que la Peinture en Mosaïque avoit été interrompue en Italie, pendant près de cinq siecles : car depuis le Pontificat de Leon III, qui fit peindre en Mosaïque la Salle à manger de son Palais de Latran, jusqu'au temps de l'Abbé Didier, il n'y a qu'un espace de 270 ans. *Voyez* l'Hist. Ecclés. Fleury, *in*-12. Tom. XIII, pag. 196.

Ciampini nous apprend qu'il n'eſt reſté au Mont - Caſſin aucun veſtige de ces ouvrages en Moſaïque, qui ont été depuis couverts de pavés de marbres.

La Peinture en Moſaïque ne commença à ſe développer plus en grand dans l'Italie, que deux ſiecles après. Il falloit à cette maniere de peindre un Apollonius, Grec, & un André Taffy, Florentin. Ce dernier, en effet, mit à profit les leçons de ſon maître & ſe fortifia dans la ſcience de donner au verre toutes les teintes requiſes pour mieux imiter la nature. Bientôt il rendit Florence l'émule de Véniſe, où il venoit de déployer ſon talent, dans l'art de peindre en Moſaïque ; pendant que Cimabué ſon compatriote s'appliquoit à donner une nouvelle vie aux autres genres de peinture que l'invaſion des Barbares avoit preſque anéantis dans leur patrie commune.

M. Watelet, dans ſon Poëme de l'art de peindre, Chant II, pag. 22, vers quinzieme, s'en exprime ainſi :

. . . . . . Ce fut la Grece encore,
Qui des arts obſcurcis nous ramena l'aurore.
Cimabué, dit-on, de quelques Grecs errans
Reçut, comme un dépôt, les beaux arts expirans ;
Mais, quel étoit alors d'une flamme immortelle,
Ce rayon preſque éteint, cette foible étincelle !
Les enfans égarés d'Apelle & de Zeuxis,
N'avoient plus rien du ſang dont ils étoient ſortis.
L'art de peindre réduit au talent mécanique
De former quelques traits dans une Moſaïque,
Etoit un foible plant, qui devoit recevoir
Une heureuſe culture, en changeant de terroir.

Depuis le treizieme ſiecle la Peinture
en Moſaïque parut fixer ſon ſéjour dans
la Capitale du Monde Chrétien. Depuis
les Giotto & les Cavallini, les principales Egliſes de Rome, & ſur - tout
celle de Saint Pierre n'ont point diſ-
continuées d'être enrichies de morceaux
achevés dans ce genre ; & depuis les
Joſepin & les Lanfranc, Rome renferme
dans ſon enceinte de très-habiles Peintres en Moſaique, qui réuſſiſſent admi-

rablement à y copier en cette maniere les tableaux des plus grands maîtres.

Comme le Cardinal Furietti, nous a confervé une fuite chronologique des ouvrages en ce genre de la main des plus grands maîtres, peints à Rome aux frais des Souverains Pontifes, depuis ce fiecle jufqu'au nôtre ; j'ai cru qu'il étoit à propos de la retracer ici le plus fuccincte- ment qu'il fera poffible. C'eft le fujet du chapitre fuivant.

# CHAPITRE X.

*Du progrès de la Peinture en Mosaïque
dans l'Italie depuis le commencement du
treizieme siecle jusqu'à nos jours, & des
noms des plus célebres Peintres qui s'en
font occupés, sur-tout à Rome.*

ON doit aux soins du Pape Innocent III, les deux tableaux en Mosaïque représentans S. Pierre & S. Paul,
qui, depuis la démolition de la premiere Eglise du Vatican, ont été transportés dans les cryptes de la nouvelle.
Son successeur, Honorius III, fit
renouveller la Mosaïque de l'Abside de
l'Eglise de S. Paul, dans laquelle il se
fit représenter prosterné en terre aux
pieds du Sauveur. Grégoire IX qui le
remplaça, lui succéda aussi dans le goût
pour la Mosaïque. On le voit dépeint
en cette attitude, dans tous les tableaux

qu'il fit peindre ou renouveller dans ce genre.

. On remarque les mêmes difpofitions dans Nicolas III. Vers l'an 1295 , Nicolas IV fit orner de Mofaïque la voûte du Sanctuaire de l'Eglife de Latran. Il y employa les talens de Jacques de Torrita, de l'Ordre des Freres Mineurs, qui s'y repréfenta lui-même avec d'autres Religieux de fon ordre.

Ce fut dans ce temps qu'André Taffy , difciple d'Apollonius , dont il avoit mis les leçons en pratique à Venife , ouvrit le premier une école de Mofaïque à Florence. On compte au rang de fes éleves Baudouin , Gherard , Gaddo de Gaddis & Vicinio de Pife. Le troifieme fe diftingua fur-tout, par la Mofaïque toute de cubes de verre. qu'il peignit , fuivant Vaffari , au-deffus de la porte de l'Eglife Métropolitaine de Florence.

Les Souverains Pontifes Boniface VIII

& Jean XXI, firent auffi travailler en Mofaïque.

C'eft à ces temps - là que l'on rapporte les nouvelles Mofaïques de l'Eglife de S. Marc, à Venife, tant dans fa voûte que fur fon célebre pavé. On peut en voir la defcription dans celle de Venife par Sanfovini. Les troubles qui obligerent les Souverains Pontifes de fe retirer à Avignon, & qui les tinrent éloignés de Rome pendant 70 ans, cauferent dans la capitale un peu de refroidiffement pour la Peinture en Mofaïque. Cependant Urbain V ne l'abandonna pas, & Jean XXII même fit réparer celle de l'Eglife de S. Paul.

La Mofaïque avoit pris un nouvel éclat dans Rome, lorfque fous le Pontificat de Benoit XII, parut un Peintre des meilleurs de ce temps, éleve de Cimabué, très-diftingué fur-tout dans ce genre. On le nommoit d'abord *Angel Bindonio*; il étoit Florentin : il prit par la fuite le nom du *Giotto*. C'eft à fon talent foutenu & aidé par celui de Memmio Siennois, & de Pierre Cavalini, Romain, qu'eft dû ce fameux tableau de la Barque de S. Pierre agitée par les flots, pour lequel il reçut du Cardinal Jacques Cajetan une récompenfe de deux mille deux cens florins, tableau qui éprouva par la fuite bien des déplacemens de la part des Papes. Paul V, Urbain VIII, Innocent X, le diviferent en plufieurs morceaux. Il étoit tout défiguré fous Alexandre VII, & prêt à périr fans reffource, lorfque Clément X entreprit de le faire rétablir par Horatio Mannetto de Sabine. Enfin le Cardinal François Barberin le fit refaire à neuf fur le deffin de l'original & le fit placer dans le portail de la grande Eglife de S. Pierre de Rome, où on le voit encore.

Pierre Cavallini, éleve du Giotto, avoit fait dans ces temps - là plufieurs beaux morceaux en Mofaïque qui faifoient beaucoup d'honneur au maître & à l'éleve.

Vers la fin du quinzieme siecle, Dominique Grillandario avoit terminé à Florence une magnifique Mosaïque en cubes de verre colorié, qui lui avoit acquis une grande réputation.

Martin V, après le Concile de Constance, & Nicolas V, pendant la tenue de celui de Basle, favoriserent la Peinture en Mosaïque.

Nous approchions des meilleurs temps de la Peinture. Les Italiens sur-tout s'y distinguerent; le goût du dessin se perfectionna, les nouveaux ouvrages en Mosaïque devenoient moins roides dans leurs contours, & le ton du coloris mieux entendu. Par-tout où il s'agissoit de faire réparer les plus anciennes Mosaïques, pour prévenir leur ruine, on s'appliquoit à le faire conformément au goût de leurs premiers temps, en observant néanmoins ce que les derniers Peintres auroient pu y porter de mieux. Le nombre des bons Peintres en Mosaïque s'accrut avec celui des bons Dessinateurs.

François Salviati, Florentin, peignit celle du portail de S. Marc de Venife, d'après les deffins de Laurent Maytano.

On met encore au rang des bons Peintres en Mofaïque de ce temps, Bianchi de Venife, Paul Roffetti de Boulogne, Alexandre & François Scaïza, freres; Ferdinand Sermei, & Jean Fratini, qui fe diftinguerent par les nouveaux tableaux qu'ils peignirent en cette maniere. De même parmi ceux qui s'adonnerent à la réparation des anciennes peintures en ce genre, jufques dans le dix-huitieme fiecle, on admira le talent de Thomas Brandus, de Gabriel Mercanti, de Philippes Cocchi, d'Adam fon éleve, de Nicolas Brocchi, & de Pierre de Ode, Sicilien.

Venife, entr'autres, avoit formé François Valerio, & fon frere Vincent, Marc Lucien, Ricci, François Zùccharius, Scipion & Cajetan. Ils furpafferent ceux qui les avoient précédé, par une plus grande correction de deffin, &

par l'affemblage plus élégant de leur
Mofaïque. Ils travaillerent en effet d'a-
près de meilleurs cartons, fur-tout d'a-
près ceux du Titien de Verceil, qui
s'employa beaucoup à leur en fournir
d'excellens.

Rome ne manquoit pas dans ce bon
temps de grands Peintres en Mofaïque.
Bernardin Carvajal, Efpagnol, Cardinal du titre de Sainte-Croix de Jéru-
falem, fit refaire fur les originaux, par
ordre de Leon X, la voûte & les pavés
de Mofaïque de fon Eglife.

Dans la fuite le Pape Jules II fit
faire auffi beaucoup de Peintures en ce
genre. Grégoire XIII y employa le
talent de Marcel le Provençal, d'après
les deffins de Jérôme Mutian. Celles
de la lanterne de l'Eglife du Vatican
furent faites fous Sixte V, par ce même
Marcel qui avoit été chargé par Clément VIII, de la Peinture du Dôme
entier. Il fut aidé dans cette entreprife
par Ange Sabbatini, Ambroife Giofio

Florentin , Vital de Maſſa , Pierre
Lambert de Cortone , Mathieu Cru-
ciano de Macerata , Jean - Baptiſte
Cataneo de Sabine , & par Cynthio
Bernacori , Romain.

Il y a encore dans cette Baſilique
d'autres tableaux en Moſaïque de la
main de Marcel le Provençal (a) , de
celle de François Zuccha , de Paul
Roſetti , & de Céſar Torelli , d'après
les cartons de Chriſtophe Roncallio.

On vantoit dans les mêmes temps ,
les talens de Jean - Baptiſte Calendra ,
auteur du tableau de S. Pierre , qui ſe
voit au - deſſus de la porte-Sainte. On
lui donna pour aides Guido Ubaldo , dit
le petit Abbé , Scipion le Provençal ,
Céſar Vaccha , éleve de Calendra ,
Narciſſe Spina , & Horatio Mannetto
de Sabine , Sabbatini , dont nous avons

---

(a) On admire à Rome dans le Palais Bor-
gheſe un portrait de Paul V , de la même main ,
& d'une Moſaïque ſi fine , que ſes cubes ſur-
paſſent en nombre un million.

déja parlé, Fabius de Chriſtopharis de Préneſte, Matthieu Piccioni & Colombo.

On doit particulierement à l'Ecole de Peinture en Moſaïque établie à Rome vers la fin du dix-ſeptieme ſiecle par le Chevalier Pierre-Paul de Chriſtopharis, fils de Fabius, les heureux progrès que cette maniere de peindre fait encore de nos jours à Rome, tant par la parfaite imitation des Moſaïques des premiers temps, que par la fidélité de la copie des tableaux des plus grands maîtres.

Le Souverain Pontife Clément XI, qui avoit beaucoup d'eſtime pour cet Artiſte, le chargea non-ſeulement de la réparation des monumens en Moſaïque de l'Egliſe de S. Pierre de Rome, qui avoient déja ſouffert quelqu'altération ; mais encore de la copie des tableaux des grands Peintres qui en avoient ornés les autels. L'humidité de cette Egliſe toute revêtue de marbres & adoſſée à une colline, en avoit fait pourir beaucoup. Le fuccès répondit à l'attente. De Chriftopharis s'affocia, dans cette entreprife confidérable, le Chevalier Jean-Baptifte Brughio, Philippe Cocceï, Liborio Fattori, Jofeph de Comitibus, Dominique Goffon, & Jofeph Octaviano, tous formés à fon école.

Les Peintres en Mofaïque n'avoient pu jufqu'alors trouver une belle couleur de rouge pourpré. Alexis Mathioli en fit la découverte ; la Mofaïque en reçut un nouvel éclat, & fembla plus que jamais le difputer au pinceau des Peintres les plus habiles. On vit renaître fous l'ordre des cubes *la Vocation de S. Pierre*, & *fa terreur fur les eaux*, de Lanfranc : *la Préfentation de Jefus-Chrift au Temple*, de Romanelli ; *le S. Jérôme*, & *le S. Sébaftien*, de Zampieri ; *la Sainte Petronille*, de Barbieri ; & *le S. Erafme*, du Pouffin. On compta au rang des Mofaïques de Saint Pierre de Rome, *le Baptême de Jefus - Chrift*, d'après les cartons de Charles Maratte : *le Centu-rion*, d'après le crayon de Jules - Céfar Procaccini ; *le Martyre des SS. Procès & Martinien*, du Flamand Valentin, & *le Longin*, du Paffignano de Florence.

· C'eft de cette Ecole que fortirent encore les auteurs du magnifique pavé de Mofaïque de la Chapelle du Roi Très-Fidele , Jean V , à la décoration de laquelle ce Monarque employa des fommes immenfes.

· Les Souverains Pontifes qui ont fi dignement rempli le faint fiege après Clément XI , ne laifferent point enfoüir ce talent. Benoit XIII fit travailler à la réparation de plufieurs anciens ouvrages en Mofaïque dégradés par vétufté. Clément XII fit rétablir celle de l'Arc de triomphe, & dépenfa près de trois cens cinquante mille livres : *Aureos decem & feptem mille*, pour faire refaire la Mofaïque de l'Abfide de l'Eglife de S. Paul, *in viâ Ofienfi*, dont le Pape Hono-rius III l'avoit enrichie. Cet ouvrage dispendieux difpendieux a été terminé par les mains habiles de Nicolas Onuphrio, de Joſeph Octaviano, de Bernard Regolo, Romains, de Henri Enuo, de Guillaume Palat, tous deux Liégeois, & de Jean-François Fiano, de la République de Lucques. Leurs talens magnifiquement récompenſés par la généroſité de ce Pontife, continuerent à être employés avec le plus grand ſuccès ſous le long Pontificat de Benoit XIV, qui pendant la durée de ſon ſiége n'a ceſſé de favoriſer cet art & ſes artiſtes. C'eſt ſans doute ce qui les a porté à exécuter en grand, en cette maniere, dans la fabrique du Vatican, le portrait de leur rémunérateur. Ce portrait a été depuis placé & incruſté dans le mur de la grande Salle de l'Inſtitut ou Académie de Bologne, patrie de ce grand homme. C'eſt la Salle qui ſert de paſſage à l'appartement deſtiné pour la Phyſique expérimentale. (a)

_____

(a) Deſcription hiſtorique & critique de

G

Clément XIII, son successeur, occupé
à présent des Peintres en Mosaïque à
faire des copies des plus beaux tableaux
de l'Eglise du Vatican, & M. l'Abbé
Richard (*a*) rapporte « qu'il a vu travailler en même-temps au tableau de
la *Transfiguration*, d'après Raphaël, &
à celui de la *Résurrection de Tabithe*. Il
remarque que ces ouvrages sont très-
chers (*b*), qu'outre les émaux qui coû-

l'Italie, par M. l'Abbé Richard : Tome I I.
page 109.

(*a*) *Ibid*. Tom. V. page 33.

(*b*) Ciampini (Veter. monim. part. I. cap. II.)
parle d'un certain Calandra, célebre Peintre en
Mosaïque, qui se faisoit payer par chaque pan
de son art, de huit pouces en quarré, 15 écus
Romains, ce qui reviendroit à 90 liv. de notre
monnoie pour chaque pan, & par conséquent à
plus de 200 liv. pour un pied quarré de douze
pouces de superficie, sans se charger d'aucuns
frais de fournitures, échafaudages & le reste.
Le même Auteur ajoute, que les premiers Peintres en Mosaïque qui furent employés pour l'E-

rent beaucoup à compofer, la main-d'œuvre eft d'une très-grande dépenfe,

glife neuve du Vatican, commencée fous Jules II, & terminée fous Innocent X, gagnoient 4 écus Romains pour chaque pan de Peinture de la même mefure, ce qui équivaut à 24 liv. de notre monnoie, & revient à plus de 50 liv. le pied quarré. Mais l'abondance de l'ouvrage & le haut prix qu'en tiroient les Artiftes en ayant attiré un grand nombre de Venife : la multitude de ces Artiftes qui fe préfenterent fit baiffer le prix du pan à 25 jules ou 2 écus & demi, environ quinze livres de notre monnoie. Enfin ce prix étoit tellement tombé vers la fin du dix-feptieme fiecle, qu'un pan ne coûtoit plus que 6 jules, ce qui revient encore à 8 liv. le pied quarré pour la main-d'œuvre feulement. Ajoutez à cette dépenfe les frais de copies des cartons coloriés d'après les originaux, le prix du verre de couleur qui eft très-cher, l'art de tailler & de difpofer les cubes qui emporte un temps confidérable, leur encaftrement, le coût des échafauds, pour élever & mettre en place ces tableaux d'un poids énorme, & les y arrêter ; pour lors la furprife que caufe leur cherté ceffera.

& qu'un tableau de la grandeur de celui
de la *Transfiguration* ( 26 pieds de haut
fur 15 à 16 de large ) revient à plus
de foixante - dix mille ljvres, quand il
eft mis en place. Au furplus, continue
cet Abbé, ces copies ne fe reçoivent
pas indifféremment. Elles font foigneu-
fement comparées avec les originaux &
jugées par les Artiftes : fouvent les meilleurs Peintres y échouent & ont la dou-
leur de voir leurs ouvrages rebutés. Ils
les abandonnent alors par dépit & les
donnent à très-grand marché. »

Venons à l'exécution de cette maniere
de peindre, telle qu'elle fe pratique à
Rome & à Florence.

# CHAPITRE XI.

*Du méchanisme de la Peinture en Mosaï-*
*que telle qu'on la pratique à Rome*
*avec des cubes de verre.*

LA science parfaite de toutes les parties de la Peinture n'est point de néces-
sité absolue pour les Peintres en Mosaïque, qui sont, à proprement parler, des
Copistes, quoique dans la pratique de
leur art, ils se rendent aussi estimables
que bien des inventeurs : cependant ils
ne peuvent, ainsi que tous ceux qui
s'exercent dans quelque maniere de
peindre que ce puisse être, se rendre
trop habiles dans la correction du dessin. Il faut que le Peintre en Mosaïque
se mette en état de rendre fidelement,
suivant les regles de son art, un sujet
quelconque, d'après le carton arrêté &
colorié d'un bon maître. Il faut qu'il

G iij

s'applique à exprimer l'élégance des contours de son modele & à la retracer par l'arrangement de ses cubes. Cette maniere de peindre ou d'imiter la Peinture, n'est faite que pour les grands sujets, & est très-propre pour les portraits ou les grandes figures. Le grand nombre d'objets ou de personnages diminueroit beaucoup de la beauté de l'ouvrage, & ne pourroit qu'y porter la confusion. On ne l'emploiroit pas avec succès dans des sujets où il faudroit beaucoup de finesse, des graces & de la délicatesse. La multiplicité & la petitesse des cubes laissent trop sentir ces passages si adroitement fondus dans les autres manieres de peindre, qu'à grand peine peut-on s'en appercevoir. Il réussira beaucoup mieux s'il ne travaille qu'après des dessins aisés, larges, & dont les objets soient bien à découvert.

Soit que le Peintre en Mosaïque travaille comme inventeur ou comme copiste, il doit commencer par arrêter ou faire arrêter ſes cartons, ſuivant la grandeur de ſon tableau. C'eſt ſur ces mêmes cartons exactement coloriés, qu'il doit tracer la partition & la diſtribution des différens cubes innombrables qui en doivent former l'enſemble ; en obſervant avec la plus exacte préciſion, ſuivant leur place, les différentes nuances qui doivent former les ombres & les clairs dont il a beſoin. Que ſes cubes ſoient de marbres, de pierres ou de verre coloré, c'eſt dans leur partition & leur taille que conſiſte en bonne partie l'art du Peintre en Moſaïque.

Dans cette maniere de peindre, la juſteſſe des contours, des figures & de chacune de leurs parties devient d'une très-grande ſujétion. Elle demande de la part de l'artiſte une grande ſagacité, un eſprit même de combinaiſon d'un degré ſupérieur, qui doit le conduire à ſe renfermer ſans écart dans la juſteſſe de la taille des cubes ſans nom-

bre, dont fon ouvrage doit être compofé, ouvrage qui ( on le répéte encore
avec M. le Comte de Caylus ) tient
véritablement du prodige.

Je fuppofe ici que notre Peintre en
Mofaïque veuille exécuter le tableau
qui lui eft propofé en verre de couleur ; il faut d'abord qu'il fe précau-
tionne d'une bonne provifion de ces
petits pains de verre de toutes les différentes couleurs, & de toutes les différentes nuances de chacune de ces couleurs, en commençant depuis la plus
claire, jufqu'à la plus foncée. C'eft à
lui pour cela de choifir une Verrerie,
dont le Maître expérimenté foit connu
pour s'appliquer le plus, par la fcience
de la Chymie qui lui eft très-néceffaire,
à la compofition de ces différents verres colorés, dont chaque pain plein de
couleurs minérales, bien dofées & fon-
dues avec la frite, doit avoir un pouce
au moins d'épaiffeur.

Entre les cubes qui entrent dans la

compofition des tableaux en Mofaïque,
il y en a de plus grands, de moyens,
& de très-petits. (*a*) Pour tailler les
plus grands, foit qu'ils foient quarrés
ou en lozange (*b*), on fe fert d'un
efpece de cizeau que les Italiens nomment *Taglivuolo*. On fixe ce cizeau
d'une trempe fort dure & d'un tranchant très-affilé, fur un établi de pierre
ou de bois, de maniere qu'il n'en fur-
paffe la fuperficie que de l'épaiffeur du
pain de verre que l'ouvrier veut tailler
en cubes. On fait paffer ce pain à plufieurs reprifes fur le tranchant de ce
cizeau : quand on s'apperçoit qu'il en
a pénétré la plus forte épaiffeur, on le
frappe à petits coups, avec un petit

_____

(*a*) Veter. monim. I. part. cap. X. pag. 80
& fequent.

(*a*) Voyez les différentes planches de Mofaïque gravées dans la collection de Ciampini
& dans les différens tomes d'Antiquités de M.
le Comte de Caylus.

maillet de buis, fur la partie déja en-
taillée; jufqu'à ce que venant à s'écar-
ter, les morceaux fe divifent en bandes paralleles, fur la largeur qu'on aura
voulu donner à chacune de ces bandes:
on les fubdivife enfuite en cubes quarrés ou lozanges, fuivant le befoin &
de la même maniere.

Quant aux cubes de moyenne grandeur; pour leur donner la dimenfion &
la forme qu'ils demandent, on prend
une de ces bandes; on la ferre dans un
étau de bois, tel que celui dont les
Marqueteurs fe fervent, pour découper
les ornemens de cuivre & autres, qui doivent entrer dans leur ouvrage: enfin avec
un archet auquel eft retenue une petite
fcie faite de fil de laiton, fans dents, de
l'eau & de l'émeril en poudre, qu'on
répand par-deffus, on la coupe fuivant
le contour du deffin qu'on y a tracé.
Pour faire des cubes de cette efpece
parfaitement quarrés, on fe fert encore
du tourret & de la roue de plomb im-

bibée de poudre d'émeril détrempée avec l'eau : on les polit ensuite de maniere néanmoins qu'ils ne réfléchif-fent pas la lumiere trop vivement ; ce qui empêcheroit de diftinguer les cou-leurs.

Enfin, pour les plus petits cubes on emploie des filets de verre coloré qu'on a tirés tels du creufet à la verrerie en les filant de différentes groffeurs : on coupe ces petits cylindres en autant de parties qu'il en faut ; on les paffe à la roue de plomb, pour en former des cubes, les polir & les difpofer fuivant le befoin du Peintre.

On n'emploie pas feulement le verre coloré par les émaux dans la Mofaïque ; le verre doré, comme nous avons vu, y eft auffi en ufage, pour les fonds du tableau, ou pour les ornemens & les draperies : on prend, à cet effet, ces morceaux de verre taillés, comme nous l'avons dit ci - deffus ; on les mouille d'un côté avec de l'eau gommée, on y applique l'or en feuille néceffaire : on pofe ces morceaux dorés fur une pelle de fer qu'on place à l'entrée d'un four- neau allumé, après les avoir couverts de quelques morceaux de verre conve- xes en forme de bocal : on les laiffe fur la pelle qui en eft chargée à l'entrée du fourneau, jufqu'à ce que les morceaux de verre fur lefquels l'or eft appliqué, foient devenus rouges, après quoi on retire le tout enfemble ; & l'or demeure fi bien appliqué deffus, qu'il ne peut plus s'en détacher, en quelque lieu qu'on l'expofe.

Outre les roues, tourrets & platines d'étain ou de plomb qui font auffi en ufage dans la taille & la gravure des pierres, on emploie pour la Mofaïque les compas d'épaiffeur & autres nécef- faires pour prendre des mefures. On s'y fert auffi de pincettes de fer à-peu- près femblables à celles dont les Chi- rurgiens fe fervent pour retirer une balle qui a fait fa plaie. Les Italiens les nomment *Bocca di cane*. Elles fervent à dégroffir le bord des cubes & à prendre les plus petits, pour les inférer dans le ftuc, fuivant le rang qu'ils doivent y tenir.

Après avoir taillé fes cubes, le Peintre de Mofaïque en emplit des boîtes, dans lefquelles il les difpofe par ordre, felon les différentes nuancés de chaque couleur; enfuite il raffemble fur un des cartons coloriés la quantité de cubes qu'il croit pouvoir employer dans la même journée, fur fon-fond de ftuc, fait, comme nous l'avons dit, avec de la chaux, de la poudre de marbre, de la gomme adragant, & des blancs d'œufs. Le ftuc ainfi préparé s'applique fort épais fur le mur : comme il refte affez long-temps frais, fuivant la faifon, on en peut préparer pour trois ou quatre jours : on le mouille même quelquefois avec des linges, pour lui conferver plus long-temps fa fraîcheur. Le Peintre calque alors fur cet enduit d'après fes cartons

le deffin qu'il s'eft propofé de repréfenter; puis il prend avec fes pincettes
les petits cubes de verre qu'il infere
dans le ftuc & qu'il arrange, felon l'art,
les uns auprès des autres, de maniere
qu'il faffe fentir les lumieres, les ombres & toutes les différentes teintes,
conformément au deffin qu'il a devant
lui; & de façon qu'il n'y ait point de
vuide entre eux, qu'ils foient égaux &
pofés à même hauteur.

C'eft ainfi qu'avec le temps & la
patience le Peintre en Mofaïque acheve
fon ouvrage, qui, pour être bien rendu
doit paroître uni comme une table de
marbre & auffi fini que la Peinture à
frefque. On lui procure cette perfection
en le poliffant avec du grès d'un grain
bien fin & de l'eau.

Ce que nous venons de rapporter du méchanifme de la Peinture
en Mofaïque, eft conforme à ce
qu'en ont dit Ciampini (*a*), Félibien

_____

(*a*) Veter. monim. part. II. cap. X, XI,
pag. 79 & fequent.

(a) & le Pere Labat, Dominicain. (b)

Puifque dans tous les arts, les manieres de faire changent en mieux à proportion que le goût fe perfectionne; puifqu'il s'y fait tous les jours de nouvelles découvertes : les nouveaux auteurs qui dans leurs écrits font toujours à préférer, fur-tout, lorfqu'ils joignent beaucoup d'intelligence & une critique faine & judicieufe à un férieux examen de ce qu'ils voient pratiquer fous leurs yeux. C'eft pourquoi j'ai cru qu'il étoit à propos de copier ici ce que M. l'Abbé Richard a dit tout récemment de la Penture en Mofaïque, dans fa description de l'Eglife de S. Pierre de Rome.

« Les tableaux des autels qui étoient de la main des meilleurs maîtres, & que l'humidité commençoit à altérer;

ont été remplacés par des copies exécutées en Mosaïque de même grandeur,
de même proportion, dans le même
goût de deffin & le même ton de couleur que les originaux. Par ce moyen on
leur a affuré une durée inaltérable. »

« Cet art précieux a été porté depuis
foixante ou quatre-vingt ans à un point
de perfection qu'il ne paroît pas poffible de poufler plus loin. Il n'y en a
qu'une feule fabrique établie à côté de
l'Eglife de S. Pierre, & qui lui appar-
tient. On y a le fecret de compofer des
émaux fi variés & fi propres à imiter
toutes les nuances de la Peinture, qu'on
reconnoît dans ces copies le goût particulier à chaque maître. »

« La matiere vitrifiée dont ces émaux
font compofés, eft plus douce & moins
caffante que celle des fauffes pierres
coloriées ( a ), qui fe font avec l'émail

---

(a) Suivant le Dictionnaire de Peinture de

&

& le verre mis enfemble.... Je crois
que le fecret de la compofition de ces
émaux eft de les avoir rendus de belle
couleur, fans être tranfparens & affez
lians & doux pour être divifés en petites
parties, par le tranchant d'un marteau,
fans qu'ils fe brifent irréguliérement ;
cette matiere eft très-folide. »

« Les tableaux en Mofaïque, outre leur
éclat & leur fraîcheur inaltérable, ont
une folidité qu'on ne peut imaginer,
à moins qu'on ne les ait vu compofer.
Les grands tableaux comme celui de la
*Transfiguration*, d'après Raphaël, &c.
ont pour fonds de grandes bandes de
pierres appellées de *Piperino*, qui en
ont toute la largeur, c'eft-à-dire, quinze
à feize pieds fur un peu plus de quatre
pieds de hauteur ; deforte que pour ces

---

Dom Pernetty, on dit qu'une fubftance eft colo-
rée ; & colorié ne fe dit que des tableaux, où
l'art du coloris fe trouve bien employé. Ainfi
on dit un tableau colorié & du vin coloré.

tableaux qui ont environ vingt-fix pieds
de hauteur, il faut fix de ces bandes
de pierres qui ont chacune dix - huit
pouces d'épaiffeur. On applique fur
cette pierre groffiérement taillée, un
maftic épais qui s'y unit exactement, en
fe durciffant, & dans lequel on fait
entrer à petits coups de marteau les
différens cubes d'émail. »

« On ne travaille jamais d'après les
originaux mêmes ; mais on fait une
copie la plus exacte qu'il eft poffible du
tableau qu'on veut imiter, afin d'avoir
fous fes yeux le coloris dans toute fa
fraîcheur . . . . Le Peintre en Mofaïque a donc devant lui les quartiers de
pierres de *Piperino* fur lefquels il doit
arranger fes émaux vis-à-vis du tableau
à imiter. Il eft placé entre l'un & l'autre ; & toujours à la hauteur de la
partie qu'il copie. Il faut que le jour
éclaire également les deux côtés ; &
qu'il ne donne ni ombres, ni nuances fauffes. Il a devant lui un caffetin

partagé en différentes cafes garnies des cubes de diverfes couleurs qui lui font néceffaires. L'habitude de mettre en œuvre & la connoiffance qu'il a du deffin & de la peinture, fait qu'il ne fe trompe pas fur l'étendue du morceau qu'il doit employer, & qu'il place à l'aide d'un petit marteau fait comme celui d'un couvreur, tranchant d'un côté pour tailler l'émail, & plat de l'autre pour l'enfoncer dans le maftic. Il change de caffetin pour les différents fujets qu'il a à traiter, foit draperies, foit figures, foit payfages où il y a un ton de couleur dominant. »

« Quand le tableau eft fini, il paroît d'abord fi brut, il y a tant d'inégalités, qu'à-peine y diftingue-t-on quelque chofe. Alors on démonte les diverfes bandes de pierres qui en forment le fond ; on les porte dans un autre attelier, où on les couche horifontalement fur de grandes pieces de bois ; c'eft-là qu'on leur donne la derniére main :

H ij

quand on fçait que le maftic a acquis affez de folidité pour fouffrir l'opération néceffaire pour polir le tableau, on le polit avec des pierres de grès plates & du grain le plus fin que l'on peut trouver, attachées fur une machine de bois que l'on fait paffer d'un mouvement égal & doux, fur toutes les parties d'émail, qu'elles uniffent & poliffent, en rongeant celles qui excédent la furface. Quand le grès court également par-tout, ce qui fe fent au tact, alors on lave la partie qui a été polie, avec une éponge; & l'on voit fi le grès n'a rien enlevé, & fi l'émail a par-tout réfifté au frottement; on répare tout de fuite les parties qui ont été emportées. Cette opération finie, il n'y a plus qu'à placer le tableau dans l'endroit qui lui eft deftiné, & affurer les bandes de pierres entr'elles avec des crampons de fer » . . . . . . . . . *Ibid.* pag 341, " On peut voir dans les magafins de cette fabrique la quantité de couleurs & de nuances dans la peinture par le nombre des tiroirs différens où sont les émaux, qui va au moins à trois mille. »

Nous ne répéterons pas ici ce que nous avons déja dit de la cherté de ces ouvrages ; & de l'ineptitude de cette peinture pour copier des sujets susceptibles de beaucoup de finesse, de graces & de délicatesse. Nous dirons seulement avec l'auteur que nous copions ( *Ibid.* page 338 ) « que les petits tableaux qu'on fait dans cette fabrique ne sont pas proportionnellement aussi chers. Il a vu faire, dit-il, un portrait du Roi de Pologne, Duc de Lorraine, que l'on rendoit tout-à-fait ressemblant à la peinture originale que l'on imitoit, qui ne devoit être payé que douze cens livres, ainsi que de petits tableaux d'essais de jeunes Artistes, qui sont souvent très-heureusement imités & qui coûtent cinq ou six cens livres ; il ajoute qu'il est difficile d'y rien acquérir à meilleur marché. On bâtit ces petits tableaux sur

des tables de pierres de *Lavagna* ( *a* ),
ou sur des plaques de fer entourées d'un
cercle de fer battu qui sert à contenir
les émaux infixés dans le mastic. »

Suivons encore M. l'Abbé Richard
dans la comparaison qu'il fait avec sa
sagacité ordinaire de la Mosaïque
actuelle de Rome, avec l'antique, pag.
339. « La Mosaïque de Rome est supé-
rieure à l'antique. Celle-ci étoit très-
solide, lors même qu'on n'y employoit
que les couleurs naturelles des différens
marbres & albâtres, ainsi qu'on le peut
voir dans le tableau de l'enlévement
d'Europe, qui est au palais Barberin,
& dans les Mosaïques que le Cardinal
Furietti a trouvées plus nouvellement à
Tivoli. Souvent on réussissoit heureuse-
ment dans les compositions qui n'exi-

---

( *a* ) La pierre de Lavagna est une espece
d'ardoise beaucoup plus compacte, plus épaisse
& plus pesante.

geoient pas une grande variété dans
les couleurs ; comme on en peut juger
par le tableau du Cardinal Furietti, où
font repréfentées deux colombes pofées
fur le bord d'un vafe de bronze où elles
boivent. Le coloris en eft fi foible ,
qu'elles reffemblent plus au clair obfcur
qu'à la peinture ; mais le deffin en eft
parfait. »

Un autre grand morceau de ce genre
qui peut fervir de comparaifon entre
le moderne & l'ancien , eft le pavé d'un
fallon que l'on prétend avoir fait partie de la maifon de Cicéron à *Tufculum*,
& que l'on a retrouvé au-deffus de la
maifon des Jéfuites à *Frafcati*. Cette
grande piece de Mofaïque a pour fujet
principal un grand médaillon de Minerve
entouré de fleurs & de feuilles en grands
enroullemens : le choix des pierres colorées avoit été affez heureux : elles ont
plus d'éclat que n'en ont ordinairement
les Mofaïques anciennes ; mais le coloris eft dur, les couleurs font tranchan-

H iv

tes & les nuances ne se fondent pas
imperceptiblement les unes dans les autres comme dans les Mosaïques actuel-
les. Il falloit cependant que l'art fût
arrivé alors à toute la perfection qu'on
pouvoit espérer, pour avoir sçu tirer
des marbres seuls tant de couleurs différentes & si vives. Il faut encore ob-
server que toutes les petites pierres que
les anciens employoient étoient de même
échantillon dans l'ouvrage, de formes
quarrées, ou lozanges; ce qui étoit un
obstacle réel à la pureté du style & à
l'agrément des contours; obstacle qu'é-
vite la maniere moderne, en taillant
les pieces conformément au dessin qu'elles doivent imiter. En quoi l'usage guide
sûrement les ouvriers qui se trompent
rarement, sur l'épaisseur qu'ils doivent
donner à la piece d'émail qu'ils em-
ploient. »

*Ibid*. page 342, « quel goût, quel
dessin dans les Mosaïques très-ancien-
nement employées pour la décoration

des Eglifes à remonter jufqu'au cinquieme fiécle. Ce font d'ordinaire de
grandes figures mal proportionnées &
roides, pofées fur un fond doré, qui fervent à prouver qu'il y a eu des âges où
l'on étoit peu fenfible aux beautés de
la nature qu'on imitoit fi mal. »

« Enfin fi l'on veut fe former une idée
de la richeffe immenfe de l'Eglife de
S. Pierre de Rome, dans cette partie ;
qu'on fe figure, outre douze ou quinze
de ces grands tableaux d'autels dont
nous avons déja parlé, cette vafte coupole qui a plus de quatre cens pieds
de tour, & l'intérieur de la lanterne qui
en font d'autant plus richement revêtues, que tous les ornemens & les figures font fur un fond d'or de cryftal, ou
verre doré au feu. »

# CHAPITRE XII.

*De la Mosaïque de placages de marbres & en cubes de pierres, comme on la pratique à Florence : Et de la Marqueterie.*

OUTRE la maniere de peindre en Mosaïque avec des petites pieces de verre que nous avons vu employer dans l'antiquité, les anciens en avoient déja pratiqué avec des pierres naturelles. Ils les employerent pour repréfenter des animaux, des fruits, des fleurs & toutes fortes de figures, comme fi elles étoient peintes. On a vu de ces ouvrages de toutes les grandeurs, où des Peintres ont repréfentées des hiftoires entieres, plus fûr de conferver, par la durée de la matiere, la beauté & l'excellence de leurs deffins. Tel eft le beau pavé de l'Eglife Cathédrale de Sienne, commencé par *Duccio*, & fini par *Buca-fumi*, fur lequel eft repréfenté le Sacrifice d'Abraham. Les Peintres employoient dans ces pavés trois fortes de marbres, l'un très-blanc, l'autre d'un gris obfcur, & le troifieme noir ; mais fi bien taillés & fi bien joints enfemble, qu'ils repréfentoient les objets comme dans un tableau peint de noir & de blanc. Le blanc fervoit pour les rehauts & les grandes lumieres, le gris pour les demi - teintes ; & le noir pour les ombres. On y pratiquoit des traits & des hachures remplies de marbre noir ou de maftic, qui fervoient à exprimer les paffages des demi - teintes aux ombres.

Pour cet effet, on affembloit les différents marbres les uns auprès des autres, felon le deffin ; & quand ils étoient bien joints avec le ciment, le Peintre par le fecours du pinceau traçoit en noir les contours des figures, & obfervoit les jours & les ombres comme s'il avoit deffiné fur le papier. Le Sculpteur, après lui, gravoit avec un cizeau tous les traits qui étoient tracés fur le marbre : on les rempliffoit enfuite d'un maftic de compofition noire. Quand ce maftic étoit refroidi & lorfqu'il s'étoit endurci, on paffoit par-deffus un morceau de grès ou brique, on le frottoit avec de l'eau, on ôtoit ce qu'il y avoit de fuperflu ; & on le rendoit égal au marbre en furface.

Cette maniere d'opérer ne s'exécuta pas feulement fur le marbre, on s'en fervit même fur le verre. On voit dans le Journal des Sçavans de Leypfick, que dans le Catalogue donné par Feller des manufcrits de la Bibliotheque Pauline à Leypfick, il eft parlé, pag. 255, d'un manufcrit en parchemin ( *a* ), mis au

---

( *a* ) *Ex actis Leypfianis Eruditorum publicatis anno* 1740, *pag.* 214. Ce Traité eft diftribué en trois livres, dont le premier, compofé de trente-huit Chapitres, traite des couleurs & de

rang des plus rares de cette Bibliotheque, dans l'ordre des Livres de Médecine, fous le numéro 21, contenant un
Traité compofé par un Religieux-Prê-
tre, nommé *Théophile*, fur la prépara-
tion des couleurs propres à teindre le
verre, qui m'a paru très-lumineux fur
cette maniere de peindre.

leurs préparations ou mélanges. *De coloribus &*
*eorum mixturâ.* Le fecond, qui contient trente-
quatre Chapitres, traite de la conftruction d'un
fourneau de Verrerie & de tous les inftrumens
néceffaires aux Verriers. *De conftructione furni*
*ad operandum vitrum , & inftrumentis in hanc*
*rem neceffariis.* Le dix-neuvieme Chapitre de ce
Livre s'étend fur la nature du verre propre à
la peinture en Mofaïque : *De vitro quod mufi-*
*vum opus decorat.*

Enfin le troifieme Livre, qui n'eft point achevé,
traite des outils propres à tailler les cubes de
verre pour la Mofaïque, à les dorer par la
diffolution de l'or, à en former & recouvrir les
hachures d'une couleur noire propre à cet effet,
& à les polir. *De Limis, & Vafculis ad lique-*
*faciendum aurum , De Nigello imponendo &*
*poliendo.*

On pave encore de cette maniere en plusieurs endroits de l'Italie, & on a trouvé, à moins de frais qu'avec la Mosaïque, l'art d'embellir les pavés des Eglises de différentes figures. Ce n'est qu'après la découverte, faite en 1561 par Cosme de Medicis dans les montagnes de *Pietra-Sancta*, d'une variété de marbres de toutes couleurs, cachée dans l'épaisseur de ces montagnes, que les Ducs de Florence en firent enrichir leurs Chapelles & en firent faire des tables & des cabinets de pieces de rapport. On y voit des fleurs, des fruits, des oiseaux & mille autres choses admirablement représentées.

La Mosaïque de Florence, telle qu'elle est aujourd'hui, y est portée, comme celle de Rome, au plus haut degré de perfection. Les tableaux qu'on y fait sont d'un très-haut prix, tant par rapport à la richesse des matieres qu'on y emploie, que parce qu'ils demandent plus de temps pour les finir que les tableaux de

Mosaïque de Rome. On n'entreprend
point à Florence de copier en Mosaïque
du pays des tableaux d'une grandeur un
peu confidérable, on n'y en fait que
des tables, ou des petits tableaux de che-
valet, ou des pieces d'ornemens. Plus
anciennement la belle Mosaïque de
Florence ne repréfentoit, comme nous
l'avons dit, que des fleurs, des fruits
& quelques oifeaux en reliefs, dans lefquels on employoit des matieres pré-
cieufes. La maniere actuelle eft bien
plus belle & approche davantage de la
peinture. Je ne puis mieux faire ici que
de copier comme dans le chapitre précédent fur la Mosaïque de Rome, ce
que M. l'Abbé Richard ( a ) nous apprend de celle de Florence.

« Les marbres les plus précieux, nous
dit-il, les agathes, les grenats, les far-

<hr />

( a ) Defcription hiftorique & critique de l'Italie : Tome III. page 82 & fuiv.

doines, les coraux, les nacres de perles,
le lapis-lazuli, les jafpes, l'émeraude,
& la topaze entrent dans la compofition
de ces tableaux finguliers. »

La matiere des tableaux de Mofaïque, quoique très-précieufe, coûte beaucoup moins que la main d'œuvre. Comme on imite autant qu'il eft poffible les
diverfes nuances de la peinture, il faut
divifer ces pierres qui font extrêmement
dures, en parties très-minces; ce qui
ne fe fait qu'à force de bras & de temps
par des ouvriers affez adroits pour n'en
rien perdre mal à propos; & conduire
avec précifion la petite fcie avec laquelle
on divife les pierres. Ce métier eft fi
pénible & demande une application fi
laborieufe, que très-peu d'ouvriers font
affez robuftes pour y réfifter quelques années de fuite. Dès que leur fanté com-
mence à s'altérer, il faut qu'ils fe retirent;
car fi l'amour du gain les opiniâtre à
refter, ils périffent infailliblement. On
ne travaille à cette manufacture que pour

le

le grand Duc : tous les ouvrages qui
en sortent lui appartiennent, & on n'en
peut avoir que de sa main. J'ai vu, continue M. l'Abbé Richard, le dessin d'une
table qui devoit être commencée en
1762. C'étoit une guirlande de coquil-
lages, les plus rares & les plus beaux,
entremêlés de branches de corail rouge,
noir & blanc ; le tout attaché par un
cordon de perles tournant autour de la
guirlande ; & le fond de la table devoit
être de lapis - lazuli. On m'a assuré
que pour exécuter ce dessin dans toute
sa perfection, il falloit le travail de
quarante hommes pendant un an & demi.
Cette table devoit avoir cinq pieds de
longueur sur deux & demi de largeur.....
L'ouvrier a toujours devant lui le dessin colorié de l'ouvrage qu'il doit exécuter, & il choisit les pierres qui répon-
dent aux couleurs. On y peignoit de
cette façon quatre tableaux d'histoire
représentant les quatre parties du monde.
Ils étoient déja très-avancés, & les par-

I

ties finies avoient beaucoup d'éclat. Dans
ces tableaux ce n'est plus l'imitation de
la nature, mais celle de la peinture que
l'on cherche à rendre, avec des matieres qui ne s'alterent point & qui sont
très - précieuses. L'ouvrier principal,
celui qu'on peut appeller le Peintre ou
le Metteur-en-œuvre, a devant lui sur
un plan incliné une très-grande piece
de pierre brune appellée *Lavagna*, plus
compacte & plus pesante que l'ardoise.
Cette pierre est recouverte d'un mastic
épais sur lequel il place les différens
morceaux de pierres précieuses, de cailloux coloriés, ou de marbres qu'il emploie. Ces morceaux, pour tenir soli-
dement & s'unir les uns aux autres,
doivent avoir au moins sept à huit lignes
de hauteur. Quelques - uns ont même
davantage. Plus ils sont minces, plus
ils doivent être longs. Que l'on imagine
la quantité de coups de pinceau néces-
saire, pour former une draperie, une
boucle de cheveux, un visage, une fleur,

un fruit, un nuage , &c. & l'on pourra prendre une idée de la multitude de pieces différentes qu'il faut employer pour rendre les différens objets qu'on a à repréfenter , & dont plufieurs , à l'éclat près , font rendus avec beaucoup de vérité. Dans l'Architecture , où il femble qu'il faudroit moins de pieces , on en met en œuvre qui ne paroiffent pas plus groffes que des crins. Ces dif-férentes pieces, unies enfemble par le maftic, font refferrées par un cercle de fer qui les entoure & les tient très-fer-rées les unes contre les autres , & avec la *Lavagna* , fur laquelle il a fon prin-cipal appui. Quand le travail eft fini ; lorfque le maftic eft durci & ne fait plus qu'un même corps avec la *Lavagna* & les pierres fines mifes en œuvre ; on polit le tableau & on le rend uni com-me une glace ; ce qui fe doit faire avec beaucoup de précaution pour ne pas écailler les matieres différentes qui font mifes en œuvres. Ce poli fe donne avec

une forte d'émeril ou de fable très - fin
qu'on mouille légérement , & qui ronge
les parties excédentes. L'ouvrier chargé
de ce travail, qui demande de l'intelligence , lave de temps en temps quelques parties , pour voir fi le travail qui
fort de deffous le poliffoir eft uni &
brillant. Il faut concevoir ce que l'on
peut de cet art fingulier, en examinant
les ouvriers que l'on interroge envain
fur leur fecret ; ils ne fçavent que répon-
dre : *Voyez , & apprenez fi vous pouvez.* »

Cependant , quelque précieufe que
foit la Mofaïque de Florence , celle de
Rome, telle qu'on l'exécute à préfent, eft
fupérieure à la Mofaïque antique &
moderne de cette Ville , parce qu'elle
rend les plus grands tableaux des meilleurs maîtres avec une vérité qui étonne ,
ce qu'on n'a jamais ofé y entrepren-
dre , fur - tout quant à l'étendue des
tableaux.

« On travaille encor à Florence à
une autre efpece de Mofaïque appellée

*Scagliofa.* Elle fe fait avec des cailloux purs & colorés, dont on emploie quelques-uns dans leur propre fubftance ; quand il s'y trouve de ces accidens heureux qui font beauté, foit dans un ciel, foit dans un payfage : les intervalles font remplis par un maftic, dont le fond principal eft une pouffiere tirée de ces différens cailloux, à laquelle on mêle d'autres couleurs. Cette compofition reffemble au *ftuc* ; mais elle eft beaucoup plus folide. On en fait des tableaux de payfage & de marine ; mais il ne faut attendre ni correction ni vraifemblance dans tout ce qui demande qu'il y ait fineffe d'exécution ; auffi il eft rare d'y voir quelque figure qui foit fupportable. Le feuillé des arbres n'eft pas plus aifé à rendre, & on n'y réuffit bien que dans des repréfentations d'Architecture & de ruines. Ces ouvrages ne font pas chers, & ils font d'une folidité qui en rend le tranfport facile. »

Quoique tout affemblage de pieces

de rapport puisse se référer à ce que
nous avons désigné jusqu'à présent sous
le nom de Mosaïque, nous avons vu
qu'on appliquoit singulierement ce nom
aux assemblages qui se font de petites
pieces de verre ou de marbre. Il est encore un autre nom sous lequel nous con-
noissons mieux l'assemblage fait proprement & avec art des bois rares & précieux de différentes especes & couleurs;
des ivoires & des écailles; c'est la Marqueterie.

La Marqueterie étoit fort en usage
chez les anciens; c'étoit une des grandes
richesses de leurs appartemens, qu'ils
faisoient consister en meubles, lits de
tables, lambris, parquets & plafonds
de cette espece.

Cet art se perfectionna en Italie vers
le quinzieme siecle. Jean de Veronne,
contemporain de Raphaël, & assez habile Peintre de son temps, fut le premier qui imagina de teindre les bois,
qui auparavant ne donnoient que du
blanc & du noir. On ne s'en servit

d'abord que pour repréfenter des vues, & des perfpectives, où il falloit moins de couleurs; mais depuis le dix-feptieme fiecle cet art acquit en France toute la perfection défirable. On fe procura une quantité de bois de différentes couleurs vives & naturelles que fournifloit l'A-mérique, & d'autres dont on fit la découverte en France. Au moyen de ces nouvelles découvertes, nous nous procurâmes celui d'en faire d'excellens ouvrages de rapport qui imitoient fi bien la Peinture, que cet art en avoit pris le nom de *Peinture en bois*, & celui de *Peinture & Sculpture en Mofaïque*.

Les ouvriers qui s'y appliquerent prirent celui d'Ebéniftes; mais depuis le fameux Boule, que Louis XIV mit à leur tête dans la Manufacture qu'il en établit aux Gobelins, & dont il nous refte quantité de beaux ouvrages de ce genre, on a abandonné ces travaux. On donna le nom d'Ebéniftes à ces ouvriers, parce que, quoique l'ébene proprement dite soit presque le seul bois de couleur noire, tous les autres bois des Indes prirent indifféremment le même nom. Comme l'ébene ils sont très-fermes & capables d'être refendus en feuilles très-minces, selon le dessin & leurs différentes couleurs. Collés ensuite les uns contre les autres, on peut en représenter des fleurs, des fruits, & des figures même : & c'est en quoi consistoit le talent de ces ouvriers. Mais la patience & la longueur qu'exigeoient ces sortes d'ouvrages, variés quelquefois par des dessins de cuivre & d'étain découpés, nous les ont presque fait abandonner, comme nous avons abandonné la Mosaïque, qui a fait le principal sujet de cet Essai. (a)

(a) Voyez sur la Marqueterie, Félibien, Principes d'Architecture, liv. III. chap. XIV. pag. 450, & suiv. Le Diction. Rais. des Scienc. & des Arts, à ce mot, entre, avec encore plus de détail, dans le méchanisme de cet Art.

*Fin de l'Essai sur la Peinture en Mosaïque.*

DISSERTATION

# DISSERTATION

## SUR

## LA PIERRE SPÉCULAIRE

## DES ANCIENS.

*Quem Specularia semper à flatu vindicarunt,
hunc non sine periculo levis aura stringet.*
Seneca de Div. Providentia.

K

# DISSERTATION

## SUR

## LA PIERRE SPÉCULAIRE,

*Dont les Anciens se servoient pour fermer leurs fenêtres ; & se préserver contre l'intempérie de l'air.*

Nous sommes surpris avec raison de ce que les Grecs, dont on ne sçauroit trop louer l'étendue de génie, dans l'invention & le progrès des arts utiles, aient néanmoins été si peu industrieux, par rapport à quantité de commodités dont il nous seroit impossible de nous passer. Leurs maisons manquoient de beaucoup des choses les plus utiles &

les plus agréables. Ils ignoroient l'art
de s'éclairer commodément pendant la
nuit ; ils ne connoiffoient ni les bou-
gies, ni les chandelles. Perfonne n'étoit
plus verfé qu'eux dans la fabrique du
verre ; nous les avons vu d'abord , & les
Romains après eux, en faire toutes fortes de vafes , des bouteilles , des taffes
& des gobelets , qui imitoient le cryftal par leur blancheur & leur netteté.
Ils fçavoient polir le verre, le couper,
le profiler, en faire des miroirs, & des
ouvrages de compartimens , dont ils
couvroient les pavés & lambriffoient les
murs de leurs Temples , &c. Quoi
de plus aifé que d'en faire des vitres !
Cependant ils ne s'en étoient jamais
avifés, & s'en tenoient aux ufages qu'ils
avoient trouvés établis par leurs ancê-
tres.

La corne bouillie étendue & éclair-
cie, la peau tendue comme notre parchemin & huilée, & les pierres tranfparentes fervirent long-temps à garnir

les lanternes, à fermer les étuves des bains, fans en chaffer la lumiere, & à clorre contre le vent & l'intempérie de l'air, les litieres dont les Dames Romaines fe fervoient en voyage.

A l'égard des fenêtres, on ne les ferma point d'abord avec des corps folides. Plus curieux de faire entrer l'air dans leurs maifons, pour y introduire la fraîcheur & fe préferver des trop grandes ardeurs du foleil, les Anciens trouvoient encore par-là le moyen de laiffer un paffage à la fumée; car par le défaut de cheminées, dont ils ne connurent point le fervice pendant un long efpace de temps, elle fe feroit concentrée dans les maifons & y auroit caufé beaucoup d'incommodité. C'eft à ce deffein qu'ils les fermoient de claies d'ofier & de ces chaffis de bois en treillage, que nous nommons jaloufies, que les Latins nommerent *Tranfennæ*, & les Grecs *Thuris dedictuomenè*, ou *Thura diaphanè*. Ces jaloufies, ainfi que celles qui font

K iij

d'usage parmi nous, n'introduisoient dans les appartemens qu'un jour sombre. Au moyen de cette clôture, on ne pouvoit aisément distinguer par dehors ce qui se passoit en-dedans : & ces clôtures étoient faites avec plus ou mois d'appareil ; c'est-à-dire, qu'elles étoient plus ou moins ornées, suivant les facultés des propriétaires.

Cependant les fenêtres des bains, des cabinets de garde-robe étoient plus ordinairement fermées par des rideaux de toile de lin très-fine, ou de papier d'Egypte ; jusqu'à ce qu'elles le fussent par des pierres transparentes, connues des Grecs sous le nom de *Diaphanè lithon*, & par les Latins sous le nom de *Lapis specularis.*

Les Sçavans sont partagés sur la nature de la *Pierre spéculaire* proprement dite. La grande diversité de sentimens sur le vrai *Lapis specularis* des anciens prouve bien qu'il n'est pas fort connu de nos jours : c'est pourquoi avant tou-

tes chofes, j'ai cru qu'il n'étoit pas hors
de propos d'examiner ici ce que les
anciens & les modernes nous ont appris fur les différentes pierres tranfparentes qu'ils employerent à différens
ufages avant d'y employer le verre.

Théophrafte , auteur contemporain
d'Alexandre le Grand , dans fon Traité
des Pierres ( *a* ) , nous apprend que de
fon temps il y avoit auprès de Thebes
des carrieres d'où l'on tiroit l'albâtre en
groffes maffes ; & que dans le même
endroit il s'en trouvoit d'autres d'une
pierre tranfparente , reffemblante au
marbre de Chio , d'une couleur noirâtre , laquelle avoit emprunté fon nom
de celui de cette Ifle , très-fertile en
marbres de cette efpece , & de la même
tranfparence que la pierre Obfidienne
d'Ethiopie.

Les Anciens , dit le Commentateur
Anglois de Théophrafte , ( M. Hill ) (*b*) ,

---

( *a* & *b* ) Voyez la traduction Françoife du

firent un grand ufage de deux ou trois
fortes de ces marbres noirâtres qui
étoient d'une belle contexture, fufcep-
tibles d'un beau poli, tranfparens lorfqu'on les divifoit en lames minces, &
repréfentans les images par réflexion
comme nos miroirs.

Strabon, dans fa Géographie, dit
qu'il y a dans la Cappadoce un endroit
qui produit des maffes affez volumineu-
fes de *Pierre fpéculaire* (*a*), & qu'on y
en faifoit un commerce ouvert; il y
parle de certaines tables d'une matiere
cryftalline & d'autres d'albâtre Onix (*b*)

---

Traité des Pierres de Théophrafte, d'après M.
Hill, avec des notes traduites de l'Anglois du
même M. Hill, aux numéros 15 & 16 des pag.
29, 31 & 32.

(*a*) Strabon. Geograph. lib. XII, pag. 240,
Edit. Parif. ultimâ. « Alius etiam locus qui
» magnas fpeculorum materiæ glebas ederet
» quæ etiam exportantur. »

(*b*) « Dicetur etiam cryftalli tabulas & Onique l'on tiroit aussi des carrieres en grandes masses, que les Grecs nommoient *Onix*, & les Latins *Marmor Onichites*. Les carrieres en furent découvertes auprès de la Galatie par des hommes chargés d'y fouiller des mines de métaux qui se trouvoient dans cette Province.

Pline admet au nombre des pierres transparentes propres aux lambris & aux fenêtres, deux sortes de pierres spéculaires que l'on tiroit également de l'Espagne & de la Cappadoce : l'une très-blanche, d'une substance mollasse, & d'un volume plus étendu, mais moins transparente ; c'est, dit-il, celle que l'on connoît ici sous le nom de *Lapis specularis* : l'autre, plus dure & moins blanche, connue parmi nous sous celui de *Phengites*. Voyons dans l'original, que

---

» chytis lapides, propè Galatiam inventas fuisse,
» ab iis qui Archelao metalla effodiebant. »

j'ai cru devoir traduire ici, l'histoire que ce Naturaliste nous a transmise de ces deux sortes de pierres transparentes.

Le *Lapis specularis*, dit Pline (*a*), se divise facilement en lames très-minces. On ne le tiroit autrefois que de l'Espagne citérieure; encore n'en trouvoit-on pas dans toute l'étendue de cette contrée; mais seulement dans celle de cent mille pas aux environs de Segovie. A présent l'Isle de Chypre, la Cappadoce & la Sicile nous en fournissent. De nos jours, on vient d'en ouvrir des carrieres dans l'Afrique. Toutes celles qui nous arrivent de ces dernieres contrées sont inférieures à celles d'Espagne & de Cappadoce. Celles-ci, quoique plus opaques, sont d'une substance plus mollasse, & d'un bien plus grand volume. On en trouve aussi dans l'Italie & dans le Boulonnois : celle que l'on nous

_____

(*a*) Plin. lib. 36, cap. 22 & 25.

en apporte eſt ordinairement tachée par
la proximité des cailloux qui lui ſervent
comme d'enveloppe & de croûte. Elles
approchent de très - près de celles que
l'on tire de certains puits de l'Eſpagne,
qui ſont très-profonds. On en découvre
auſſi en terre des couches renfermées
entre des bans de pierre, deſquels on
la ſépare en la coupant. Celles - ci qui
tiennent plus de la nature des foſſiles
ne ſe développent pas en de ſi grandes
maſſes; mais par couches ſi peu éten-
dues, que le plus grand morceau n'a
pas plus de cinq pieds de longueur. Quelques Naturaliſtes ont cru que cette pierre
étoit une congelation, de la nature du
cryſtal, qui n'eſt lui - même qu'une eau
qui ſe transforme avec le temps, & qui
venant à s'endurcir, paſſe enſuite dans
l'ordre des pierres. Cette conjecture me
paroît d'autant plus ſolide, que lorſ-
que quelque bête s'eſt laiſſée tomber
dans ces puits, on l'y trouve après l'hiver
gelée juſqu'à la moëlle & réduite dans

l'état de la pierre que l'on en tire : on y trouve auffi de ces pierres tranfparentes qui font noirâtres : mais la fubftance des blanches eft d'autant plus admirable , que toute mollaffe qu'elle eft , elle réfifte à la plus forte ardeur du foleil & à l'apreté du plus grand froid ; qu'elle ne contracte aucune des décrépitudes de la vieilleffe ; pourvu néanmoins qu'elle n'éprouve aucun mauvais traitement, & cet avantage lui eft commun avec toutes les autres pierres Gypfeufes. Je ne répéterai point ici ce que Saint Ifidore de Séville dit de la *Pierre fpéculaire* , puifqu'il n'a fait qu'extraire & copier mot à mot une partie de ce paffage de Pline. Paffons à l'hiftoire que ce Naturalifte nous a pareillement donnée du Phengites. ( *a* )

Le Phengites, continue notre Auteur, fut découvert dans la Cappadoce , fous

---

(*a*) Plin. lib. 36 , cap. XXII.

l'Empire de Néron. Cette pierre a la dureté du marbre. Elle eſt blanche & tranſparente, & les veines jaunâtres qui s'y rencontrent n'ôtent rien de ſa tranſparence. Son nom ſeul explique aſſez l'origine de ſa dénomination. (a) C'eſt de cette pierre que Néron fit reconſtruire le Temple que le Roi Servius avoit élevé à la Fortune Seïa. Cette pierre étoit d'une tranſparence ſi admirable que, quoique les portes de ce Temple fuſſent fermées pendant la journée, on y participoit à toute la clarté du jour, & quelle ſembloit plutôt l'y tenir renfermé, que le tranſmettre comme toutes les autres pierres tranſparentes.

Il paroît par cette deſcription que le Phengites fut plus employé par curioſité que par néceſſité, & qu'il ſervit

---

(a) Pheggos en Grec, qui, en François ſignifie lueur, éclat, lumiere, eſt la racine de Pheggites, qui ſignifie lumineux, brillant, & donnant un beau jour.

plus fur les murs des appartemens que pour la fermeture des fenêtres.

C'eft fans doute avec le Phengites que Domitien, fuivant Tranquillus, fit faire les murs des Galeries où il avoit coutume de fe promener, parce que rongé d'inquiétudes à la vue des dangers dont il étoit menacé, il pouvoit découvrir à la faveur de cette pierre tranfparente tout ce qui fe paffoit même derriere lui. Le Phengites différoit totalement d'une autre pierre noire & luifante, que Pline nomme *Lapis Obfidianus*, qu'il dit avoir été découverte en Egypte, par un certain Obfidius, qu'on employoit dans les lambris des appartemens, pour accompagner, les miroirs, & qui ne rendoit que leur ombre à ceux qui fe préfentoient devant elle, pour s'y mirer.

Enfin, l'Arabie, fuivant le témoignage de Juba, cité par Pline, produifoit auffi des pierres tranfparentes comme le verre, qui fervoient aux mêmes ufages.

Après avoir traduit le plus fidelement qu'il m'a été poffible ce que les
Anciens nous ont tranfmis fur ces pierres tranfparentes d'une étendue affez
confidérable pour en garnir les fenêtres,
tâchons de trouver dans les Lithologiftes modernes & dans les nouveaux,
des lumieres qui puiffent nous conduire
au moins à de folides conjectures fur
la vraie fubftance de la *Pierre fpéculaire*
proprement dite. Je me fuis aidé principalement du Traité d'Anfelme de
Boot (*a*), augmenté par Jean de Laët,
d'Anvers, & du Traité des Pierres de
Théophrafte, traduit du Grec en Latin
avec de courtes notes, à Leyde, chez
Jean le Maire, 1648; de la traduction
en François du texte & des notes de

---

(*a*) Voyez le Traité Latin d'Anfelme Boe-
tius ( de Boot ) avec les notes d'Adrien Tol-
lius, troifieme édition, augmentée de deux
livres, par Jean de Laët, d'Anvers, &c.

M. Hill, Anglois; du Dictionnaire raisonné des Arts & des Sciences, & de
celui de M. Valmont de Bomare sur
l'Histoire Naturelle.

C'est d'après les différentes observations de ces Naturalistes que j'établis
d'abord que toutes pierres transparentes
qui peuvent se diviser en lames, & qui
par l'action du feu peuvent produire
du Gypse ( ou Plâtre ) peuvent être
admises au rang des pierres spéculaires.
Telles sont, suivant ces Lithologistes, la
*Selenites* des *Modernes*, ou l'*Aphroselinum*,
le *Stella terræ*, le *Gypsum*, ou *Gypsinum
metallum*, dont les noms François sont
le *Miroir des Anes*, le *Gypse feuilleté*,
ou la *pierre à plâtre* ; ou enfin le *Talc
follié* de M. *Hill*, qui, en langue Alle-
mande, rend la même signification que
*Lapis specularis* chez les Latins.

De ces notions générales passons au
détail de ces différentes pierres Gypseuses, en suivant les indications des
Auteurs que j'ai pris pour guides. M.
Boot

Boöt (a) après avoir discuté l'étymologie du nom *Selenites*, relativement
aux phases de la lune auxquelles Pline
semble faire entendre que le brillant
de cette pierre est comme assujetti; &
après avoir détruit la possibilité de cette
révolution naturelle dans aucune pierre,
passé au sentiment des modernes sur sa
nature. Les modernes, dit-il, ont prétendu que la pierre *Selenites* n'est autre que la *pierre spéculaire*; qu'on ne lui
a donné ce nom que parce que l'effet
du brillant de cette pierre est de pré-
senter à la vue des orbes de lumiere
semblables à ceux de la lune, sans doute
par ses ondulations formées par la
contexture de ses feuillets disposés
quelquefois confusément : ou ne seroit-
ce pas plutôt, parce que sa transparence
argentine ressemble assez par sa couleur
à celle que nous donne l'aspect de la

---

(a) Anselmi Boëtii, lib. XI, cap. III.

L

lune ? Ce qui pouvoit encore avoir donné lieu de faire nommer cette pierre *Stella terræ*, en François, l'*Etoile de la terre*.

La *pierre spéculaire*, continue M. Boot, est d'une transparence crystalline, & se divise par feuillets autant & plus minces qu'une feuille de papier, sans rien perdre de sa transparence. L'action du feu la résout en une poudre très-blanche. Les Dames s'en servent comme du *talc* pour leur toilette. Cette pierre est fort tendre ; ses lames sont flexibles, & elle donne aisément du plâtre, en la faisant passer au feu. La Moscovie en fournit une très-grande quantité. On en trouve beaucoup en Espagne, dans l'Isle de Chypre, dans la Cappadoce, dans la Sicile, dans l'Afrique, dans l'Italie, dans le Boulonnois, en Allemagne, dans la Thuringe, dans la Saxe, dans la Misnie, sur la Sala & dans plusieurs autres contrées de l'Allemagne.

Il y a des pierres spéculaires de dif-

férentes couleurs. Il y en a d'un jaune
tendre, d'un jaune orangé, comme le
*Schyste*, & même de noirâtres. On en
trouve entre des blocs de marbres; d'autres font entrecoupées par des fubftances terreufes ou calcaires : quelques-unes
même font fexangulaires comme le cryftal. Toutes ces fortes de pierres donnent du plâtre par l'action d'un feu
médiocre & de courte durée.

Le *Schyste*, dit le Lithologifte que
nous continuons de traduire, eft une
pierre friable qui fe divife par feuillets.
La meilleure efpece eft celle qui eft de
couleur de fafran; car il y en a auffi de
noirâtre. Elle eft compofée de plufieurs
lames placées les unes fur les autres,
brillantes & tranfparentes comme la
*pierre fpéculaire*. Si l'on regarde le foleil
au travers de ces lames, il en emprunte
une couleur de fafran. On en trouve
en Bohême, à Rome dans le Vatican,
& à Montagut en Angleterre. Cette
pierre ne differe du *talc*, qu'en ce que

le *schyste* se sépare en lames directes,
& que celles du *Talc* sont plus courbes,
plus entrelacées l'une dans l'autre, &
plus confusément disposées entr'elles. (a)

Boot met encore au rang des pierres
*gypseuses* une sorte d'*albâtre* qui se
trouve en grande quantité dans la Mysnie & dans la Toscane, d'un éclat brillant & d'un beau poli, qui, s'il étoit
moins mollasse, pourroit être mis au
rang des marbres, comme l'*Alabastrides*,
connu par les anciens sous le nom générique d'*Alabastrum*. (b) Ces deux espèces, qui dans tous les idiomes paroissent ordinairement sous la dénomination d'*Albâtre*, se ressemblent en couleur, & ne différent que par leur consistence. Le plus mol, c'est-à-dire, celui
qui se peut diviser avec un couteau,
entre dans la classe des *pierres spéculaires*.

(a) Anselmi Boetii, lib. II. cap. 111.
(b) Ejusdem, lib. II. cap. 116.

C'eſt celui que nous nommons l'*albâtre*
commun : ( *a* ) ſa tranſparence n'eſt pas
vive & ne rend guere en couleur que
le ton de la cire blanche : la ſeconde
eſpece eſt plus dure , plus ſuſceptible
de poli & plus tranſparente ; cependant
trop mollaſſe pour être placée au rang
des marbres proprement dits ; mais aſſez
molle pour être miſe au rang des *pierres
ſpéculaires* tranſparentes , de la nature de
celle dont Pline diſoit qu'elle étoit d'autant moins propre à l'ornement des meubles , qu'elle approchoit plus de la tranſparence du verre. ( *b* )

Comme cette eſpece d'*albâtre* ſemble ſe rapprocher aſſez de l'idée que
les Anciens nous ont donnée du *Lapis
ſpecularis* , qu'ils tiroient en plus grandes

( *a* ) On en trouve en France. On y connoît
l'albâtre de Cluny dans le Mâconnois. Il y en
a en Lorraine , en Allemagne , & ſur-tout dans
l'Italie.

( *b* ) Alabaſtrides.

L iij

maſſes de l'Eſpagne, j'ai cru devoir
donner ici la traduction de la deſcription Latine de cette Pierre, telle que
de Laët ( *a* ) nous l'a donnée d'après
Geſner. ( *b* ) Ce Lithologiſte parlant
d'une eſpece de marbre blanc qui avoit
été tranſporté d'Eſpagne à Saint - Gal
en Suiſſe, informé du départ d'un de
ſes amis pour cette ville, le pria d'examiner la nature de cette pierre, & de
lui communiquer les obſervations qu'il
auroit faites à ce ſujet. L'ami s'acquitta
ſoigneuſement de ſa commiſſion, & dans
la lettre qu'il écrivit en réponſe à ſon
ami, il lui en fit le rapport ſuivant :

*LA Pierre que vous m'avez chargé d'e-*
*xaminer, Monſieur, ſe nomme vulgaire-*
*ment* Albâtre. *J'en ai vu ici deux tables*
*d'un demi-pied de largeur ſur deux piéds*
*de hauteur. Cette proportion entre aſſez dans*

---

(*a*) De Laët, lib. II. cap. XV.
(*b*) De figur. lapid. Geſner, fol. 52.

la diftribution de nos moyennes fenêtres.
On les a placées dans des chaffis de bois.
Le jour qu'elles communiquent à la chambre n'eft pas fort brillant. On ne peut ni voir, ni être vu, à travers de ces carreaux.
On s'en fert dans les chambres à coucher qui donnent fur le derriere des maifons.
On dit qu'il y a en Efpagne des Eglifes vitrées de carreaux de cette Pierre fpéculaire, dont quelques-uns font ornés de peintures.
Cette Pierre eft d'un blanc rouffeâtre : elle a affez de reffemblance avec nos marbres blancs, ou avec nos cailloux blancs & tranfparens, qui font de la nature des fluores, & qui ne font pas exempts de taches.
Dans les parties où cette pierre a été caffée, on remarque à l'endroit des caffures un certain luifant femblable à celui de l'alun : on la taille & on la polit avec la plane ( a ) : pour peu qu'on la frappe avec

_____

(a) Les Allemands nomment cet outil, Ein-hobel.

l'ongle, elle fonne comme le verre ou le
cuivre. Une table de cette pierre, avant d'ê-
tre polie eft ordinairement d'un pouce d'é-
paiffeur; & n'en a plus qu'un doigt après
qu'elle a été polie. On fait en Efpagne un
commerce de pots & d'autres vaiffeaux de
cette pierre, & on y poffede le fecret d'en
rejoindre les morceaux, lorfqu'il ne s'en
eft détaché aucune partie.

Enfin, Boot (a) remarque que de
toutes les pierres tranfparentes, il n'en
eft point qui fe rapproche plus de la
*pierre fpeculaire* des Anciens proprement
dite que le *Talc*, quoiqu'il réfifte à l'action du feu. Il y en a de différentes couleurs; le brillant & la tranfparence de
cette pierre, & la facilité de la divifer
en lames très - minces femblent avoir
déterminé quelques Auteurs à la regar-
der comme la vraie *pierre fpeculaire* des

—————————————————

(a) Lib. II. cap. XX. pag. 214.

Anciens. C'eft le fentiment adopté par le Commentateur d'Avicenne. C'eft auffi celui de M. Charles de Valois, l'Académicien; mais avant de paffer à un examen plus étendu de la nature du *talc*, difons quelques mots de ce que nos Lithologiftes modernes nous ont laiffé du Phengytes.

Il y a, fuivant Boot (*a*), deux fortes de marbres de Paros ou de *Phengytes* : l'un fort tranfparent, l'autre plus opaque. Le *Phengytes* tranfparent dont parle Pline, croiffoit dans la Cappadoce; fa tranfparence eft celle d'un papier blanc fans être huilé. Notre Auteur femble le faire marcher à côté de l'*Albâtre* commun, à caufe de leur même degré de tranfparence; quoique le premier foit d'une confiftence plus dure. Ce qu'il en dit ailleurs (*b*) a donné lieu

(*a*) Anfelmi Boetii, lib. II. cap. 248.
(*b*) Ibid. lib. II. cap. 267.

à de Laët de rapporter l'histoire qu'en fait Gesner dans la lettre de son ami dont je viens de donner la traduction. Il y compare le *Phengytes*, lorsqu'il est de la consistence la plus tendre, à l'*Alabastrides* ou *Alabastrum des Anciens*. Il en donne un exemple dans une colonne du portique de Sainte-Marie à Rome, qui paroît appliquée au-devant de l'ouverture d'un mur, d'où elle répand au dedans de l'Eglise des rayons qu'on prendroit pour ceux du soleil, à cause de sa transparence tirant sur le jaune. Quant à l'espece de *Phengytes* plus opaque & plus susceptible de poli, parce qu'il est d'une consistence plus dure, il le renvoie dans la classe des marbres jaunes, dont il y a une grande quantité employée dans l'Eglise Cathédrale de Pise.

C'est aussi le sentiment de Dom Bernard de Montfaucon ( *a* ), lorsqu'exa-

---

(a) Diar. Ital. cap. 10, pag. 143.

minant la possibilité de la transparence
du *Phengytes* dont Pline dit que Néron
avoit fait construire les murs du temple
qu'il avoit fait relever, en l'honneur de
la Fortune, sur les fondemens de celui
qui avoit été bâti par le Roi *Servius*,
il atteste que ces exemples ne sont pas
rares ; & qu'à Florence dans l'Eglise
de Sainte Miniat, il y a des fenêtres
de quinze pieds de hauteur, qui, au
lieu de verre sont fermées par des tables
d'*Alabastride* de même grandeur, d'un
seul morceau, qui répandent un jour suf-
fisant dans cette Eglise ; & que si l'on
refendoit en tables la colonne d'*Albâtre* qui est dans la Bibliotheque du
Vatican, elles produiroient presqu'autant de clarté que le verre.

Il paroît par ces observations que le
*Phengytes*, l'*Onichites*, l'*Alabastrides*, &
toutes les pierres transparentes qui résis-
tent à l'action d'un feu ordinaire sans
devenir un *Gypse* ou *Plâtre*, ainsi que
les différentes especes de *pierres spécu-*

*laires* que nous avons jufqu'à préfent défignées fous leurs différentes dénominations qui font d'une fubftance *gypfeufe* & blanchiffent au feu , peuvent être comparées entr'elles fous le même rapport que nos nouveaux Lithologiftes établiffent entre le *talc* & le *gypfe.* Confultons - les pour connoître la différence de ces fubftances.

« Ce *Talc* (*a*) eft une forte de pierre luifante , écailleufe , tranfparente , dont il y a deux efpeces générales, l'une appellée *Talc de Venife* , l'autre *Talc de Mofcovie.* Le *Talc de Venife* eft mollaffe , paroît graiffeux au toucher , quoiqu'il foit fec , de couleur argentine , tirant fur le verdâtre ; fe féparant par petites feuilles claires & refplendiffantes. On lui a donné ce nom , parce qu'on en trouve plufieurs carrieres proche de Venife : il en vient auffi des montagnes

_____

(*a*) Dictionnaire de Trévoux ; au mot TALC.

d'Allemagne, des Alpes, & de l'Appennin. Ce *Talc* est employé pour faire du fard : il est difficile à mettre en poudre & dur à la calcination : on se contente de le raper avec une peau de chien de mer, & de passer cette rapure dans un tamis. »

« Le *Talc de Moscovie* est dur, poli, doux au toucher, se sépare par feuillets très-minces, presque aussi transparens que le verre, quelquefois rougeâtre : il naît dans des carrieres de Moscovie & en Perse : on en trouve en différens endroits de l'Angleterre : on en faisoit autrefois des lanternes : on en couvroit des tableaux en pastel & de miniature, de peur qu'ils ne se gâtassent, & c'est une espece de minéral différent des marcassites (*a*). »

---

(*a*) Dictionnaire de Trévoux, & Dictionnaire Raisonné Univ. d'Hist. Nat. par M. Valmont de Bomare : Paris, 1764, au mot Mica.

« Le *Talc* de Moſcovie eſt très-blanc, dit M. Gmelin (*a*) ( dans ſon voyage de Sybérie, d'où nous avons tiré cet extrait qui ne ſervira pas peu à expliquer la maniere dont les Anciens exerçoient l'emploi de la *pierre ſpéculaire*. ) Il eſt tranſparent comme le verre, & ſe partage en feuilles très-minces. On le trouve ſur-tout en Ruſſie & en Sybérie le long des rivieres de *Witim* & de *Mama*. On s'en ſert dans ces pays pour les vitres des fenêtres. Cette pierre a toutes les propriétés du *talc* ; c'eſt-à-dire, qu'elle ſort du feu, ſans ſouffrir aucune altération, & les acides n'ont aucune priſe ſur elle. Elle ſe trouve par lames ou tables engagées dans une roche fort dure, qui eſt un *quartz* mêlé de *ſpath*.

Ce *Talc* n'eſt point par couches, ni par filons. On en trouve des lames

---

(*a*) Voyez la traduction de l'Allemand du voyage de M. Gmelin en Sybérie, Tom. II.

répandues fans ordre ; elles ont quelquefois trois ou quatre pieds en quarré & quelques pouces d'épaiffeur.

Le *Talc* le plus blanc & tranfparent comme eau de roche eft beaucoup plus eftimé que celui qui eft verdâtre. On a égard auffi pour le prix aux plus grands morceaux. Il fe paye fur les lieux jufqu'à un ou deux roubles ( 5 liv. o, jufqu'à 10 liv. ) pendant que le commun fe paye de 8 à 10 roubles le *pud*, c'eft-à-dire, les 40 lib. pefant & n'a qu'environ un demi-pied en quarré.

Il eft encore une plus mauvaife qualité de *Talc*, qui fe vend fur le pied d'un rouble & demi, ou de deux roubles le *pud*, c'eft-à-dire, depuis 7 liv. 10 f. jufqu'à 10 liv. Ce dernier eft deftiné pour faire des vitres aux fenêtres & on l'y attache avec du fil.

Quand on veut débiter le verre de Ruffie, on en divife les lames en plufieurs feuillets avec un couteau à deux tranchans ; ce qui fe fait aifément.

Cependant on donne une certaine épaiſ-
ſeur à ces feuillets , pour que ce verre
ait plus de conſiſtence. On ne connoît
point d'autres vitres en Ruſſie (*a*) : on

---

(*a*) Voici ce que m'écrivit à ce ſujet en 1765 ,
M. Hernandez réſident depuis 1761 à Moſcow, &
actuellement à Pétersbourg en qualité de Secré-
taire du Prince Repnin , grand Ecuyer de Sa Ma-
jeſté l'Impératrice de toutes les Ruſſies : « Il y a
» trois ou quatre Verreries tant à Moſcow qu'à
» Pétersbourg. Un Prince qui m'eſt fort connu
» entreprend d'en établir une à cent lieues de
» Moſcow. Généralement dans ces deux villes
» on emploie dans les maiſons le verre ordi-
» naire. Chez les Payſans, entre Moſcow &
» Pétersbourg , on ſe ſert de chaſſis de papier
» huilé. Dans les Provinces éloignées on em-
» ploie au lieu de verre une ſorte de corne
» nommée en Ruſſe *Slouda*. On m'a montré une
» lanterne qui en étoit garnie; que ce ſoit de
» la corne ou du *Talc*, toujours eſt-elle très-
» belle; mais je n'en ſuis pas aſſez inſtruit. »
Vraiſemblablement elle étoit garnie de ce *Talc*,
M. Gmelin nommant *Sliudniki* ceux qui vont
à la recherche du *Talc* ou *Verre de Ruſſie*.

l'emploie

l'emploie fur-tout à vitrer les fenêtres
des chambres des vaiffeaux de la *Flotte*;
parce qu'il eft moins fujet à fe caffer par
l'ébranlement des falves de la canno-
nade : cependant ce verre s'altere & fe
ternit à l'air, & il eft difficile à nettoyer, lorfqu'il a été fali par la fumée
ou par la poufliere.

On trouve encore du *Talc* de cette
efpece dans la Carelie, & près d'Ar-
changel ; mais il n'eft pas fi beau que
celui de Sybérie. C'eft d'un *Talc* femblable dont fe fervent les Religieufes
d'Allemagne pour couvrir de petits
reliquaires, au lieu de verre. C'eft ce
qui l'a fait appeller *Glacies Mariæ*, en
Allemand *Marien glaff*. Il peut être
regardé comme un vrai *Talc*, & non
comme un *Gypfe*, comme quelques Auteurs l'ont prétendu.

D'ailleurs M. Gmelin conjecture que
ce *Talc* peut avoir befoin du contact
de l'air pour fa formation.

Voilà pour le *Talc :* venons au *Gypfe*.

M

Le *Gypse* feuilleté ( *a* ) qui s'appelle
auffi *Pierre fpéculaire*, ou le *Miroir des
Anes*, eft une pierre formée par l'affemblage de plufieurs feuillets très-minces
& tranfparens, placés les uns fur les
autres & qui fe féparent aifément. Ces
feuillets font quelquefois prefqu'auffi
tranfparens que du verre : quelquefois ils
font colorés, ce qui fait que leur affemblage forme une pierre jaune ou brune
& luifante, fur laquelle on voit des iris
ou arc-en-ciel. Cè *Gypse* reffemble
beaucoup au *Talc* que l'on nomme *Glacies
Mariæ*, ou *Verre de Ruffie* : c'eft pourquoi
plufieurs Auteurs l'ont confondu avec
lui ; quoiqu'il en differe par les propriétés.

Le *Gypse* feuilleté devient blanc &
perd fa tranfparence dans le feu, au lieu

_____

(*a*) Diâtionnaire Raif. des Arts & des Sciences au mot Gypse, où il s'étend beaucoup fur
cette matiere.

que le *Talc* n'y éprouve aucun change-
ment. On trouve de la *pierre spéculaire*
ou du *Gypse* feuilleté dans les carrieres
de Mont - Martre proche Paris. On
regarde le plâtre qui en eſt fait comme
le plus pur.

Il y a du *Gypse* dont les feuillets ſont
diſpoſés confuſément. Quelques Naturaliſtes le nomment *Gypse ardoiſé* : il y
en a de *ſtrié* : il y en a de *cryſtaliſé*.

Par la différence des propriétés du
*Talc* & du *Gypse* établies dans les deſ-
criptions précédentes de ces deux ſub-
ſtances, il paroît que le *Gypse feuilleté*
ſeroit la vraie *Pierre spéculaire* proprement dite, ou le vrai *Lapis spécularis.*
Cependant MM. de Valois l'Académicien & Hill, prétendent que c'eſt le
*Talc.*

La ſolution de cette difficulté ne
paroîtra pas difficile, en ſuppoſant avec
les Editeurs du Dictionnaire Raiſonné
des Arts & des Sciences, que quelques
Naturaliſtes ont confondues les dénomi-

M ij

nations de *Talc* & de *Gypſe* ſans en confondre les propriétés qui les différen-
cient, & qu'ils n'ont donné la préférence au mot TALC, pour ſignifier la
*Pierre ſpéculaire*, que relativement à leur
tranſparence & à leur ſenſibilité commune ; le mot *Talc* en Allemand ayant
d'ailleurs la même ſignification que *Lapis
ſpecularis* chez les Latins ; comme Sau-
maiſe ( *a* ) a confondu le *Lapis ſpecularis*
avec le *Phengytes*, à cauſe de leur commun éclat. D'ailleurs le mot *Gypſe* s'en-
tend plus particulierement de l'effet propre à une de ces pierres de ſe convertir plus promptement en plâtre par l'action du feu, qu'à l'autre, qui, à cauſe
de ſa contexture *talqueuſe* ſe brûle plus
difficilement, & ne nous donne pas ſitôt
le *Gypſe* que nous nommons *Plâtre*, &
que les Anciens nommoient *Gypſinum*,
ou *Cyprinum metallum*, à cauſe de la

_____

(*a*) Plinian. exercit. Tom. II. pag. 771.

quantité que l'Ifle de Chypre en four-
niffoit.

Ainfi réduit à la fimple conjecture
fur la nature de la *Pierre fpéculaire* proprement dite, ou du *Lapis fpecularis*,
j'ai cru pouvoir la tirer en faveur de
cette *Pierre gypfeufe*, tranfparente, divi-
fée en plufieurs lames, d'une contexture mollaffe, qui fe réduit en plâtre dans
un efpace de temps plus court à un feu
moins vif, que nos Naturaliftes appellent
*Gypfe*, & qui a toutes les qualités défignées dans l'hiftoire que Pline nous donne
de la Pierre fpéculaire ; par préférence à
cette pierre que MM. de Valois & Hill
nomment *Talc*, qu'ils affimilent au *Talc
de Mofcovie*, & qui, fuivant M. Boot,
réfifte plus long-temps au feu, avant de
fe convertir en plâtre, & approche plus
de la nature des marbres & des pierres
calcaires.

On peut, après avoir confulté ce qui eft
dit fur le mot *Gypfe* dans le fameux
Dictionnaire Raifonné des Arts & des

Sciences, aux différens articles qu'il en donne, confulter encore les notes de M. Hill, fur le Traité des Pierres de Théophrafte, dans l'édition déja citée, depuis la page 201 jufqu'à la fin ; le Journal des Sçavans de Leypfick fous le titre *Acta eruditorum*, &c. *Leypfiæ*, du mois d'Août 1682, & le premier tome du Supplément de cet ouvrage, fection VII ; le Dictionnaire Raifonné d'Hiftoire Naturelle par M. Valmont de Bomare, & le tome I. du Voyage en France & en Italie, &c. ou Lettres écrites de plufieurs endroits de l'Europe, Lettre X, dans laquelle il eft beaucoup fait mention du *Plâtre de Paris*, & de fa différence d'avec le *Talc*.

Je finis ces recherches lithologiques par une réflexion d'un des traducteurs des Lettres de Pline le jeune. ( *a* ) Ce

---

(a) M. de Sacy, Préf. de la traduction des Epîtres de Pline le jeune.

font ici de ces queſtions, où l'on peut impunément ſe tromper, & où les recherches ne valent pas toujours ce qu'elles coûtent. Auſſi ſuis-je bien réſolu de ne pas défendre mon opinion contre quiconque en pourroit propoſer une qu'il eſtimeroit meilleure, ou qui pourroit l'être.

Il paroît au ſurplus que les ſerres vîtrées des jardins, aujourd'hui ſi communes chez les gens un peu aiſés, étoient connues des Anciens & qu'ils ſe ſervoient au lieu des chaſſis à verre dont nous les fermons, ou pour hâter la maturité des fruits, ou pour les préſerver contre les froids & les intempéries de l'air, de ces pierres ſpéculaires dont nous venons de parler. On en peut juger par ce que Columelle (a) en

---

(a) Ex Columellâ de re Ruſticâ. « Cucu-
» meres fiunt præmaturi, ſi vaſis majoribus
» rotulæ ſubducantur quò tecti ſpecularibus,
» hieme, ſerenis diebus, tutò producantur ad
» ſolem, rursùs infra tecta recipiantur. »

M iv

dit dans son Traité *De re Rusticâ*, & Martial dans ses Epigrammes. ( *a* )

---

( *a* ) Ex Martial. Epigramm. lib. VIII. Epigrammate XIV :

Hibernis objecta notis, specularia puros
    Admittunt soles, & sine fece diem.

Ex eodem Epigrammat. lib. Epigrammate 68.

Condita perspicuâ vivit vindemia gemmâ
    Et tegitur felix; nec tamen uva latet.

FIN.

# TABLE

## DES CHAPITRES

Contenus en ce Volume.

FIN DE LA TABLE.

J'ai lu, par ordre de Monseigneur le Vice-Chancelier, un Manuscrit intitulé : Essai sur la Peinture en Mosaïque, & je crois que l'impression en sera utile. A Paris, ce 27 Juin 1768.

C O C H I N.

## PRIVILEGE DU ROI.

LOUIS, par la grace de Dieu, Roi de France et de Navarre. A nos amés & féaux Conseillers, les Gens tenans nos Cours de Parlement, Maîtres des Requêtes de notre Hôtel, Grand-Conseil, Prévôt de Paris, Baillifs, Sénéchaux, leurs Lieutenans Civils & autres nos Justiciers qu'il appartiendra. Salut : Notre amé Pierre Vente, Libraire, Nous a fait exposer qu'il desireroit faire imprimer & donner au Public un ouvrage intitulé : Essai sur la Peinture en Mosaïque ; S'il Nous plaisoit lui accorder nos Lettres de Permission pour ce nécessaires. A ces causes, voulant favorablement traiter l'Exposant, Nous lui avons permis & permettons par ces présentes, de faire imprimer ledit Ouvrage autant de fois que bon lui femblera, & de le faire vendre & débiter par tout notre Royaume pendant le temps de trois années confécutives, à compter du jour de la date des Préfentes. FAISONS défenfes à tous Imprimeurs, Libraires, & autres perfonnes, de quelque qualité & condition qu'elles foient, d'en introduire d'impreffion étrangère dans aucun lieu de notre obéiffance. A LA CHARGE que ces Préfentes feront enregiftrées tout au long fur le regiftre de la Communauté des Imprimeurs & Libraires de Paris, dans trois mois de la date d'icelles; que l'impreffion dudit Ouvrage fera faite dans notre Royaume & non ailleurs, en bon papier & beaux caracteres; que l'Impétrant fe conformera en tout aux Reglemens de la Librairie, & notamment à celui du 10 Avril 1725, à peine de déchéance de la préfente Permiffion; qu'avant de l'expofer en vente, le Manufcrit qui aura fervi de copie à l'impreffion dudit Ouvrage, fera remis dans le même état où l'Approbation y aura été donnée, ès mains de notre très-cher & féal Chevalier, Chancelier de France, le Sieur DE LAMOIGNON, & qu'il en fera enfuite remis deux exemplaires dans notre Bibliotheque publique, un dans celle de notre Château du Louvre, un dans celle dudit Sieur DE LAMOIGNON, &

un dans celle de notre très-cher & féal Chevalier, Vice-Chancelier, & Garde des Sceaux de France, le Sieur de MAUPEOU : le tout à peine de nullité des Présentes, DU CONTENU desquelles VOUS MANDONS & enjoignons, de faire jouir ledit Exposant & ses ayans causes, pleinement & paisiblement, sans souffrir qu'il leur soit fait aucun trouble ou empêchement. VOULONS qu'à la copie des présentes qui sera imprimée tout au long au commencement ou à la fin dudit Ouvrage, foi soit ajoutée comme à l'original. COMMANDONS au premier notre Huissier ou Sergent sur ce requis de faire pour l'exécution d'icelles tous actes requis & nécessaires, sans demander autre permission ; & nonobstant clameur de haro, charte Normande, & Lettres à ce contraires : Car tel est notre plaisir. DONNÉ à Paris le vingt-cinquieme jour du mois de Juillet l'an mil sept cent soixante-huit, & de notre regne le cinquante-troisieme. Par le Roi en son Conseil.

Signé, L E B E G U E.

Regiſtré ſur le Regiſtre XVII. de la Chambre Royale & Syndicale des Libraires & Imprimeurs de Paris, Nº. 164, fol. 493, conformément au Reglement de 1723. A Paris, ce 4 Août 1768.

Signé, BRIASSON, Syndic.

## Fautes à corriger.

Page 4, ligne 20, au lieu de *étoit*, lifez *eſt*.

Page 8, ligne 4, au lieu de *Vermicaiato*, lifez, *Vermiculato*.

Page 15, ligne 6, ôtez la virgule,

Page 16, derniere ligne, *quadri latori*, lifez, *quadrilateri*.

Même Page, Note *b*, au lieu de *Viter*, liſ. *Veter*.

Page 17, ligne 14, *liſ.* avec la Moſaïque de Florence, & avec notre Marquete-rie, dont il s'eſt fait.

Page 18, lignes 11 & 12, au lieu de *les ſecti-les*, lifez, *le ſectile*.

Page 58, ligne 20, au lieu de *viro*, liſ. *vir. o*;

Page 72, ligne 17, au lieu de *les*, lifez, *ces*.

Page 85, lignes 5 & 6, au lieu *des plus grands Maîtres*, lifez, *de ces grands Maî-tres*.

Page 102, ligne 18, au lieu de *il*, liſ. *le Peintre.*

Même Page, lig. 22, au lieu de ces mots, *le Peintre en Moſaïque*, liſ. *ſoit qu'il.*

Page 111, vers le milieu de la ſixieme ligne, ajoutez, *ſuivons.*

Page 122, ligne 12, au lieu de *plus ſûr*, lifez au pluriel, *plus ſûrs.*

Page 162, ligne 6, au lieu de *ſenſibilité*, lifez, *ſciſcilité*; mot forgé, pour exprimer leur facilité à être fendue ou diviſée, *latiné ſciſcilitas.*